悪役令嬢なのでラスボスを飼ってみました9

永瀬さらさ

22857

角川ビーンズ文庫

CONTENTS

アイリーン・ジャンヌ・
エルメイア

前世を思い出した悪役令嬢。
エルメイア皇国皇妃。

クロード・ジャンヌ・
エルメイア

エルメイア皇国皇帝にして
魔王、アイリーンの夫。
『聖と魔と乙女のレガリア1』
のラスボス。

悪役令嬢なのでラスボスを飼ってみました 9

人物紹介＆物語解説

これまでの物語

婚約破棄され前世の記憶が甦り、乙女ゲーム世界へ転生したと自覚した令嬢アイリーン。悪役令嬢な自分が破滅ルート回避するため、ラスボス・クロードを恋愛的に攻略することに！　紆余曲折のすえ、クロードはエルメイア皇国の皇帝に、アイリーンは皇妃になる。——これは悪役令嬢がゲームのストーリーにはないハッピーエンドを掴むべく、立ちはだかるラスボスたちを攻略しつつ、奮闘する物語である。

クロードの従者

キース・エイグリッド

クロードの従者。人間。

ベルゼビュート

クロードの右腕。人型の魔物。

アーモンド

カラスの魔物。魔王第一空軍・大佐。

クロードの護衛

ウォルト・リザニス

元・教会の『名もなき司祭』。

カイル・エルフォード

元・教会の『名もなき司祭』。

クロードの影武者

エレファス・レヴィ

アイリーンとクロードの側近。魔導士で魔法大公レヴィ一族の末裔。

アイリーンの侍女

レイチェル・ロンバール

アイリーンの第一侍女。
アイザックの妻。

セレナ・ジルベール

女性官吏。
オーギュストの妻。

アイリーンの下僕

アイザック・ロンバール

アイリーンの片腕、伯爵家の三男。
オベロン商会の会長。
レイチェルの夫。

ジャスパー・バリエ

新聞記者。

ドニ

建築士。

リュック

薬師。

クォーツ

植物学者。

ゼームス・ミルチェッタ

アイリーンとクロードの側近。
ミルチェッタ公国の公子。半魔。

オーギュスト・ジルベール

エルメイア皇国次期聖騎士団長。
セレナの夫。

クロードとアイリーンの義弟妹

リリア・レインワーズ

『聖と魔と乙女のレガリア1』のヒロイン。セドリックの妃。実はアイリーンと同じ転生者。

セドリック・ジャンヌ・エルメイア

クロードの異母弟。第二皇子。

アシュメイル王国

バアル・シャー・アシュメイル

アシュメイル王国の聖王でクロードの悪友。

ロクサネ・フスカ

バアルの正妃。

ネイファ

聖王バアルの元妃。

謎の「妖精」

リラ・ルヴァンシュ

伯爵令嬢。

ヴィオラ・ルヴァンシュ

リラの姉。

本文イラスト／紫　真依

✦第一幕✦エレファス・レヴィの結婚

エルメイア皇城、皇帝の私室での出来事だった。休暇という、今まで縁のなかった言葉を皇帝直々に聞いて、エレファスは皇帝の護衛ふたりと一緒に目をしばたたく。

「え、クロード様。それってなんの罠です？」

「その手にはのりません。何をたくらんでいらっしゃるんですか」

真っ先にウォルトが無礼な反応をし、いつもなら無礼を咎めるカイルまで真顔で追及を始める。近臣を私室に呼び出した皇帝――クロード・ジャンヌ・エルメイアは、肘かけに頬杖をついて眉をひそめた。

「どうしてそんなふうに言われるんだ。お前達をいたわろうと思ったのに」

「クロード様は今、アイリーン様とついに本懐を遂げられ、お花畑なときですよね？　つまり俺をまた身代わりにして皇帝業務を放り投げる場面ですよね」

「エレファス。お前、最近、小言の言い方がキースに似てきてないか？」

「恐れ入ります」

けろっとそう返すと、ついおとつい、即位式の夜に皇都をお花畑にした皇帝は、お茶を淹れている従者に目を向けた。

「どう思う？」

「自業自得ですよ、我が主」

「……。即位式まで休みなしだっただろう。だからお前達にまとめて休暇をと思ったんだが、なぜここまで言われるんだ……」

「だから自業自得です。安心してください、三人とも。罠じゃありませんよ」

「わかった、じゃあドッキリだ」

「休暇に見せかけた任務ですか？」

「私めが保証しますよ、休暇です」

ウォルトとカイルにたたみかけられて、キースはふんわり笑う。

その瞬間、ウォルトとカイルの間に衝撃が走ったらしい。

「え、どういうことですか。死ぬんですかクロード様⁉」

「そんなに悪くなる前にどうして俺達に相談しなかったんですか！」

「休暇を与えようと言っただけでなぜ僕はここまで言われるんだ？」

「はいはい、話が進みませんから私めが説明しますよ。あなたたちが心配しているとおり、クロード様を放ってはおけないので休暇は順番です」

「順番、ですか」

エレファスの確認にキースが頷いた。

「即位式でご来駕の聖王様が今から半月はご滞在なので、それでいけます」

「なぜそこであいつが出てくるんだキース」

「見つけたぞクロード！　お前、今日は魔物の森を散策する予定だろうが！」

呼ばれたようなタイミングでぱっと空中にバアルが現れた。あり得ないと言われた魔王の友人の地位を確立した隣国アシュメイルの聖王は、まったく物怖じせずに要求を続ける。

「さっさと用意をしろ、別にお前を置いていっても余はかまわんのだぞ」

「待て、魔物が脅える。お前はすぐ追いかけ回すから」

「逃げるからだ」

「聖王に追いかけられたら当たり前だろう！」

「いいから早くしろ。夕方からは晩餐会があるのだぞ。そこに出席する面々の情報も話せ。ああそうだ、今夜は呑みにつきあってもらうぞ」

「お前、身重の妻を置いて夜遊びする気か」

「ロクサネも了承済みだ。アイリーンがよくしてくれるのでな、こちらで快適にすごせているらしい。今夜はふたりで月見をしたいと言っていた。夫はいらない場面だ」

「僕はそんな予定は聞いていない」

「休ませてやれ。ほとんど寝ておらぬと聞いたぞ。がっつきすぎだ、馬鹿が。べったり妻にひっついているばかりが夫の役割ではなかろう」

クロードが黙った。たとえばキースが注意しても「考慮しよう」とか流してしまうクロードだが、バアルに言われると屈辱なのか、目が据わっている。だがバアルは頓着しない。

「ということで、お前の予定は埋まっておるのだ。おい従者、さっさと支度をさせろ。余を待たせる——」

「失礼致します、バアル様！」

ばんと派手な音が鳴り響いて、今度は聖王の護衛が現れた。おう、と聖王が目を丸くする。

「よく余の居場所がわかったな」

「お忘れですか。俺は逃げ回るあなたを政務に引きずり出すのが日課でした」

「あーうるさい、昔のことを持ち出すな。お前には休暇をやると言っただろう」

「異国でこんな紙切れ一枚でそう告げるなんて、何をたくらんでおられるのか!!」

ほとんどクロードと同じ理由の雷が落ちた。そのままバアルは、護衛であるアレスから「あなたはいつもそうだ」とか「子どものときは」とか小言をくらっている。そこにクロードが加勢するものだから収拾がつかなくなってきていた。

「——ということで、あなた方は休暇です」

あっちも苦労しているなと同情していたエレファスだが、キースに話を戻された。

ウォルトが困惑気味に確認する。

「マジでいいんです？」

「大丈夫ですよ。今見たでしょう」

「聖王様がいればクロード様はそっちと遊ぶ、そうするとアレス様が追いかけ回すので手がたりるということですか」

エレファスの確認に、キースは感慨深く頷いた。

「そうです。私めもずいぶん楽です」

聖王は偉大だ。ウォルトが苦笑いを浮かべる。

「聖王様は聖王様で奥さんが手綱を締めてるからな。政務は絶対はずさせないし」

「詐欺じゃないことはわかりました」

「とはいえ、聖王様と一緒に暴走すると厄介ですから、順番でひとり五日です。最初はエレファスさんから」

「え、俺から？　いいんですか？」

臣下になった順番を考えれば、エレファスはいちばん後輩だ。

「ここ一週間は集まりも多いので、ウォルトさんとカイルさんは飾りでも置いておかないといけないんですよ。ですので、エレファスさんからです。三人目の休暇に入る頃には聖王様もお帰りになっている時期ですから、身代わりがいるかもしれませんし」

つまり、仕事もとい魔王様のお世話が一番楽な時期に抜けて、一番大変な時期にいろということである。ウォルトとカイルから憐れみの視線を向けられた。

はあ、と肩を落としながら、エレファスは頷く。

「そういうことなら。明日からですか？」

「ええ。ああ、でもひとつだけ条件があって。故郷に帰ってほしいんですよ」

「それはもちろん、帰るつもりです。せっかく故郷が戻ったんですから」

おとついの新皇帝即位で、恩赦はふたつあった。

異母弟であるセドリック皇子の婚姻を認めること。

そして、エレファスの故郷であるレヴィ一族が、以前とほぼ同じ領土で大公国としての復権を許されたことである。

もちろんそう「決まった」だけで、大公を誰にするのか、中身は吟味中だ。猜疑心を募らせた一族の中には、恩赦を信じていない者も多い。いずれ折を見て説明に戻らねばと思っていたので、今回の休暇はいい機会になる。

(……まさか、そのために?)

横目で見ると、今後の予定についてバアルと何やら言い合っていたクロードが、ふとこちらを見た。

「いってくるといい、エレファス。そのかわり、休暇が終わったらちゃんと僕のところへ帰ってくるように」

微妙にこみあげてくるものを急いで抑え込み、エレファスは頷く。

「ではお言葉に甘えて。……あの、そういえばキース様の休暇はいつなんでしょう」

「キースに休暇?」

不思議そうに首をかしげたクロードの横でキースが眼鏡のブリッジを持ちあげ、そっと窓の外へと目をそらす。

すべて察して震えたエレファスと護衛ふたりは「休暇、有り難う御座います!!」と直角に頭をさげた。

転移ができるエレファスにとって帰郷は一瞬だ。だが、支度に時間が必要だった。清々しい休暇一日目、部屋の掃除をし、雑務をすませ、三泊分ほどの着替えやら何やらを旅行鞄に詰め終わる頃には、昼になっていた。まるで旅行をするかのようなせわしなさである。

(しかたないか。ろくに帰っていないし)

家族は全員死んでいる。家は残っているが、人が住んでいないので傷んでいくばかりだ。皇太后ララに仕えていた頃は、あんな奴はレヴィ一族ではないと、嫌がらせまがいで火をつけられたこともあった。エレファスの行動に理解を示してくれた側が消し止めてくれて少し燃え落ちただけですんだのだが、その修繕もできていない。

「そうだ、お土産も買っていこう」

そんなぼろぼろの家に、月一で掃除にきてくれている子どもや女性達を思い出し、エレファスは森の古城に与えられた自分の部屋を出る。

廊下で、エレファスと同じように古城に部屋がある同僚のゼームスとすれ違った。

「ああ、休暇か。──故郷に?」

「はい。ゼームス様は休暇は」

「私はドートリシュ公爵に政治を教わっている身だからな。クロード様が休めと言って休めるものでもない。いずれミルチェッタ公国は視察に行きたいが」

「オーギュストさんの転属と合わせて異動になるんですかね」

「そうなると思う。……ああ、すまない。休暇中だったな」

いつも通り仕事の話になってしまった。エレファスも苦笑いを浮かべると、ふとゼームスが口を開きかけてやめる。

「何か？」

「……いや。気をつけてな。こっちは心配しなくていい。ああそうだ」

すっと右手を差し出された。

「レヴィ大公国、おめでとう」

まばたいたエレファスは、ゼームスの顔を見て、手を握り返す。

「俺がミルチェッタ公子にこう返すのは釣り合わない気がしますが、有り難うございます」

「何を言うんだ。お前が大公になるんだろう」

「俺にはつとまりませんよ」

本心だ。笑ったエレファスに、ゼームスはそうかと引いた。

「それも含めて、考えてくるといい」

「はは。もめそうで怖いですよ、今から」

笑ってゼームスと別れたエレファスは、古城を出る。

旅行鞄を持っているエレファスの頭上を、白いカラスが飛んでいった。

「エレファス！　休暇！　見送リノ舞！」

そんな踊りまでできたのか。

綺麗に整列して飛んだカラスたちが青空をまっすぐ太陽に向かって上昇し、と思ったら左右に綺麗にわれた。光の影になって、まるで太陽が花びらを降らせたように見える。

「すごいですね。綺麗だ」

「任セロ！　イッテラッシャイ！」

「魔王様、待ッテル！　帰リ、楽シミ！」

「オ土産、忘レルナ！」

「ああ、もちろん。君達も、聖王様につかまらないように頑張ってくださいよ」

見送られるということは、帰る場所があるということだ。そんなことを思いながら、皇都アルカートの第三層へ足を運び、お土産を選ぶ。

女性達には、突然の一斉開花で大量かつ安く手に入る花を。

子ども達には、オベロン商会のお菓子だ。会員割引は大きい。

「さていくか」

準備は万全だ。人気のない建物裏に移動し、エレファスは両目を閉じる。

少ししてから両目を開けば、あちこち傷んで、目にするたびにもう自分には戻るところなどないのだと教えてくれる我が家に着くはずだ。

いつもそうして、エレファスは故郷を取り戻さなければ、守らなければと決意を新たにする。

ああでも今回くらいは、少しくらいゆっくり、家の修繕や掃除でもしようか。

そう思って、目を開いた。

「……あれ？」

まず、綺麗に磨かれた床が見えた。顔をあげたエレファスは、ぱきりと薪が鳴る音を聞いて、振り返る。暖炉に火が灯っていた。

（誰かきているのか？　いやでも、火をいれるなんて）

そばにあるテーブルに抱えた土産をおろそうとして、埃がないことに気づく。窓際の花瓶には、花が活けられていた。

まさか転移先を間違えたかと見回すが、家具も燭台も置物も見覚えがあるものばかりだ。ただ、きちんと磨かれている。やたら部屋内が明るく見えるのは、ぼろぼろだった壁紙が張り替えられているからだ。薄汚れていた窓硝子も、室外との気温差で曇っているだけで、汚れが拭き取られている。

建物の構造が変わったとか、劇的におかしいわけではない。ただ、綺麗になっている。温かみがある。部屋の匂いが違う。

まるで、家族が生きていた頃のように。

（……何か、食べ物のにおいまで、する、ような……？）

ドアノブが回る音がした。やはり誰かいる。

反射で身構えたエレファスは、ドアを魔力であけた。

いきなり開いた扉にびっくりした顔をして、盆を持った若い女性がひとり立っていた。
知らない顔だ。レヴィ一族でもない。レヴィ一族は人数が少ないのだ。もちろん、どこかでつかまっていたレヴィ一族が戻ってきた、ということはあるが、それならエレファスがクロードの代理で一度は面談しているはずである。

（――というか、エルメイアの人間じゃない、か？）

こちらでは珍しい墨色の髪に、紫がかった青藍の瞳。何より、着ているものが違う。あざやかな萌黄色の生地に、細かい刺繍とたくさんのビジューやレースを使った前開きのガウン。それを胸下で留めてドレスのように見立てているのだが、意匠や形がこちらのものではない――アシュメイル風の衣装だ。

「おかえりなさいませ」

盆を持ったまま、女性がそう言った。緊張のある、硬い声だった。まなじりもつりあがっていて、エレファスをにらんでいるように見える。

「お戻りならそう、言ってくださいませ。驚きました」

責めるように言われて、エレファスはまばたく。

敵意は感じられなかった。そういったものには敏感なほうなので、魔力には訴えず女性の動作を見守る。

女性はすました顔で居間に入ってきて、シチューの入った皿をお盆からテーブルに移した。

「お先にどうぞ。私の分もすぐ、持って参ります」

「……あの、君は？」

一応、愛想笑いを浮かべながら尋ねると、驚いたように見返された。

「聞いておられませんの」

「……聞いておられませんね」

「そうですか」

素っ気なくつぶやいたあと、女性はお盆を持ち直して、エレファスに向き直った。

初めて正面から見て、ものすごく美人だということに気づいた。

整えられた艶のある髪も、肌のきめ細かさも、とても一般庶民のものではない。これは高貴な女性だ。そんな女性がなぜ——何か、保護する案件でもあっただろうか？

（いや、俺は休暇中だし、それなら何か言われているはず）

伝達ミスか。ひょっとして失礼なことをしているのでは、と頭が回ったところで女性が口を開いた。

「三日前、アシュメイルからこちらに嫁がせていただきました。ネイファ、と申します」

エレファスは首を横に倒した。女性は淡々と続ける。

「これまでは、アシュメイルの後宮でバアル様にお仕えしておりました。ですので、私は再婚になります」

「さい、こん」

誰と誰の話だ。頭がよく回らないので、とりあえず聞こえた単語だけを繰り返した。

嘆息して、ネイファと名乗った女性が続ける。

「不本意でしょうが、命令とあらば従わぬわけにはいかないでしょう、あなたは。私だって不本意です、このような形は」

「……」

「ですがこれも人生です。疑うのであればこれを」

懐から丁寧にたたんだ羊皮紙をネイファが差し出した。

「エルメイアの皇帝陛下とアシュメイルの国王陛下、それぞれからの婚姻許可証で――」

最後まで話を聞く前に、エレファスは単身、転移した。

もちろん行き先は、さっき出てきたばかりの魔王様のもとである。

手加減、という文字は今のエレファスの頭になかった。

目の前にいるのは魔王である。ついでにチェスの盤面を挟んで聖王までいる。ここで全力を出したところで何か問題あるか、いやない。

現に爆発してもおかしくない娯楽室は、がたがたと窓硝子が鳴るだけですんでいるし、これだけの爆風が吹き荒れているのにテーブルの上のカップひとつ倒れない。

テーブルを挟んでチェスをしているクロードもバアルも涼しい顔である。焦っているのは、同僚のほうだ。

「エレファス、なんだどうした、休暇じゃなかったのか⁉　やっぱり罠だったのか⁉」

「さ、さすがにクロード様に敵意を向けると、対処せざるをえなくなるから、落ち着いてほしい。愚痴なら聞く」

「有り難うございます、ウォルトさんカイルさん。ですがまずはクロード様。大切なお話があります……！」

ぎろりと視線を向けるとクロードがすっとぼけた顔で言った。

「帰りが早かったな。そんなに僕を心配しなくても」

「そういう話じゃないってわかってますよね⁉　結婚ってなんですか‼」

「驚いただろう」

ぶちっとこめかみあたりの血管が切れる音が聞こえた。

同時にエレファスの魔力で遊具が浮く。だがバアルがぱちんと指を鳴らせば、あっという間に元の位置に戻った。

「なかなか強いな、この魔道士」

「僕のかわりもできるからな」

「そんな話はしてません！　どういうことか説明してください！　なんで休暇で実家に帰ったら知らない嫁がいるんですか⁉」

ええ、という顔でウォルトとカイルがクロードを見る。

「エレファスに嫁？　お前、いつの間に結婚したの」

「聞いていないぞ、俺達は。お祝いとかいるのでは」

「知りませんよ俺だってついさっき聞いたんです！」

チェスの手を止めたクロードは、怒鳴るエレファスに体だけ向き直った。

「お前の幸せを願って」

「俺の！　目を！　見て！　言ってください」

「やかましいぞ、お前。ネイファの何が不満だ。あれは余の後宮でも五指に入る美人だ」

横からバアルが口をはさんだ。

「人買いに連れてこられた娘だが、後宮入りのために教育されてきた女だ。教養もある、礼儀作法もできる。厨房の宮女もやっておったから料理もひととおりできる。年は二十三、まだ若いだろう。お前よりひとつ上だったか？　釣り合いも十分取れているはずだ」

「……本当に、後宮にいたんですか」

「なんだ。余は手を出しておらんから生娘だぞ安心しろ」

「そういうことを聞いてるんじゃありません！　何が理由でこんなことをしたのかという」

「お前の幸せを考えてだ」

まだぬけぬけと言うクロードのそばに立って、エレファスは見おろした。

「俺の目を見てもう一度どうぞ」

「……」

「俺はまだ空中宮殿であなたが俺達ごと撃墜したこと、忘れてませんからね」

「…………」

「何をたくらんでこんな真似したんです」

「……言えば怒ると思ったから」

「言わないともっと怒るに決まってるでしょうが!!」

怒鳴ったエレファスにクロードが首をすくめる。うしろで、ウォルトがつぶやいた。

「エレファス、だんだん怒り方もキース様に似てきてるな」

「エレファスの仕事はキース様と重なってるところが多いからだろう……」

「……彼女は、聖具を作れるそうだ」

しぶしぶといったように口を動かしたクロードに、エレファスは眉をひそめる。だが一気に思考は巡り始めた。

エルメイア皇国は魔石から魔具を作れない。クロードが魔王だったため、魔力自体を忌み嫌う風潮があったからだ。レヴィ一族も支配階級に落とされたせいで、まったく研究も技術開発も進まなかった。

かたやアシュメイルは聖石を発掘し、聖具を作ることに長けた国だ。聖なる力と魔力、相反する力だが、ハウゼル女王国が魔石と聖石を合わせて神具を作ったように、理論は通じるものがある。聖石の技術は魔石に転用できるとエレファスも考えていた。

それがレヴィ一族に持ち込めれば未来がある、とも。

「つまり、彼女は布石ですか。レヴィ大公国を魔石の技術国――魔具を作る国にするための」

「そうでなければ、また同じことの繰り返しだろう。魔具なら魔力のない人間でも使える。そうやって価値を提供することで生き残るのが最善だと判断した」

何ひとつ文句はない、むしろ諸手をあげて賛成したい展望だ。

だが。

「それでなんで俺が結婚することになるんですか。アシュメイルから技術者を呼べばいいだけですよね⁉」

「レヴィ一族は警戒心が強い。それでは学ぼうともせず、摩擦が増えるだけだろう。周囲から反発も買うかもしれない。そこで僕の寵臣である、お前だ」

はっきり真正面から言われると、なんだか勢いが削がれた。

「お前なら、聖王の後宮にいた女性を娶ってもおかしくない」

「……要は緩衝材になってもらうんですか、彼女に。それ、彼女も承知してるんですか」

「しておるぞ。そもそも後宮から妃をなくそうというのは余の勝手だ。妃からしたら突然のクビだからな。本人の希望は確認している」

「希望？　あいにくですが俺は身分もなければ財産も権力もないですよ」

自虐をこめて牽制すると、バアルに胡乱気に見返された。

「聖具とか魔具とか作るのが好きなのだ、ネイファは。余もそれで目をかけて、上級妃にして研究を進めさせていた。魔竜に対抗する力がほしかったからな」

バアルが魔竜と戦うため、聖なる力を持つ女性を後宮に集めていたことは、エレファスも聞いている。

だがバアルは今、後宮から妃をなくそうとしている。実家に戻れない者や聖竜妃の世話係は残すようだが、正妃ロクサネに寵を偏らせる以上、他の妃にできるだけ自由と希望をきいているようだ。親の都合で後宮に入れられた娘などは、想い人が功をあげればバアルからの褒美として降嫁が許されると、迎えを待っている妃もいるらしい。また逆に、後宮に思う娘がいる男達が功を立てて降嫁を許してもらおうと動き始めているとも聞いている。

そこから総合するとつまり――。

「……彼女にとって俺の妻の座は、新しい開発ができる就職先になった、ということですか」

しっくりくる経緯に、エレファスは息を長く吐き出す。

「それならそうと言ってください。何事かと思ったじゃないですか」

「お前は説明したらうまく逃げるじゃないか。根回しだけはやたら早いし」

「褒め言葉として受け取っておきます」

冷めた目で言うと、クロードがふてくされたような顔で黙った。

「政略的なものだということは理解しました。ならこれ、政略的に意味がないなら離縁できますよね？」

「余の妃を突っ返す気か、たかが魔道士の分際で」

「でないと彼女が可哀想です。うちは筋金入りの引きこもり一族なんですよ。しかも俺の立場も微妙です。アシュメイルから技術集団として訪問したほうがまだ動きやすいはずです。説明して離縁してもらいます」

「でもこの間、結婚したいと言っていたじゃないか」

撃墜したくせに、クロードはちゃっかり覚えていたらしい。エレファスは嘆息する。

「それはあのとき死ぬと思ったからです。自分の結婚相手くらい自分でさがしますよ」

「お前が……？」

「なんですかその顔は。できないって言いたいんですか。アシュメイルとの仲が云々と言うならまあ、離縁の時期は考えますが」

「……ふん、よい。離縁したければすればよい」

ぱちりとクロードがまばたいて、バアルを見た。

「いいのか？」

「よい。国交問題にはせぬことも約束してやろう。ただし、ネイファが承知したらだ」

「きちんと説明はしますよ」

まったく、貴重な休日の一日目がつぶれてしまった。

彼女には事情を説明して、そうだ、もしよければレヴィ一族の視察でもして帰ってもらおう。皇都アルカートへと彼女を送れば問題なくアシュメイルに送還してもらえることをバアルに確認して、エレファスは再び転移した。

「……エレファスに言っておいたほうがよかったのでは？　彼女の気持ちについて」

「本人から口止めされたのだ。しかたあるまい」

「でも僕は反対だ。結婚させたくなかった。僕の魔道士なのに」

「諦めるんだな。余の後宮で上級妃にのぼりつめた女だぞ。惚れた男は逃がさぬわ」

ぎょっとしたウォルトとカイルが叫ぶ。

「え⁉ 政略結婚じゃないんですか⁉」

「エレファスを？ いったいどこで見初めたんですか」

たちまち色めきだつ護衛に、クロードは人差し指を立てる。

「内緒だ。お前達も、エレファスには黙っているように――面白いから」

戻った実家の居間は静かだった。置きっぱなしだった荷物は邪魔にならないよう壁際に移動されていたが、手をつけられた様子はない。
まずは、話をしよう。無理に結婚せずともかまわないこと、既に離縁の許可は得ていること。それが彼女の今後の人生に不利には働かないこと。
そう思って、居間を出た。廊下にも埃がない。月一で手入れはしてくれていたはずだが、ここまで綺麗にしてくれたのはネイファだろう。
エレファスと結婚するから、ここが自分の家だと綺麗にしてくれた――そう考えると、申し訳なさが出てきた。少なくともここ三日、この家を掃除してくれた彼女の努力や気持ちを無駄にすることになる。

（——技術者として滞在することになったら、宿代わりに使ってもらうか）

どうせ部屋も余っている。名案だと判断して、エレファスは次々部屋の中を確認するが、肝心の彼女が見つからない。

外出したのだろうかと、外へ出た。

レヴィ一族の町はもう、村といったほうがいいほど狭い。領地はあるが人がいないのだ。だがそれも、これから変わっていくだろう。

そう願いながら進んだ先で、人だかりが見えた。何事かと思っている間に、怒鳴り声が飛んでくる。

「どういうつもりだ、この小娘！」

「どうもこうも。そのやり方は非効率だ、と言っています」

冷たい鋭さがある声は、よく通った。

彼女だ。エレファスが慌てて向かうと、見知った顔が道をあけてくれる。その間にも喧噪はひどくなっていった。

「俺達には俺達のやり方が」

「そのあなた方のやり方が通用せず、レヴィ一族はここまで落ちぶれたのでしょうに」

「なんだと」

「黙って聞いていればよそ者が！」

「私はエレファス・レヴィの妻。いずれ大公になる男の妻です。その指示がきけないというのはどういう了見なのかしら？」

勝手に何を言っているのか。思わず舌打ちが出た。

その権威の振りかざし方は一番困る。少し考えればわかることだろうと、エレファスはやっと人の壁から抜け出る。

（物作りができるだけで、政治ができないタイプか。厄介だ）

早々にお引き取り願おう。だが見知らぬ妻は、背筋をまっすぐ凛と立っていた。

「頷けないというのならば、あなたが出て行くべきね。レヴィ一族に不要です。あなたのような方々がここまでレヴィ一族を困窮させたのだと自覚していただかなくては」

「な、に、を……！」

「恥ずかしくないのですか。老害とよばれることが――変化に耐えられぬほど、弱くなったことが」

対峙しているのは、レヴィ一族の中でどうにか魔石の技術をつないできた職人集団だ。だが魔石の職人といっても当然、魔力は持っている。

はっとエレファスが顔をあげたときはその怒りは魔法に変わっていた。

ごおっと風が巻き起こり、炎になったそれがまっすぐ彼女に向かっていく。

だが彼女は眉をぴくりと動かしただけで、指にはめている指輪をまわし、手を前に突き出した。瞬間、魔法が霧散する。

「な……」

「私がどこからきたのかもうお忘れ？　私は聖王バアル・シャー・アシュメイルの後宮にいたのですよ。そこで聖具を開発していた、と最初に説明したでしょう」

魔力は聖なる力の前では消え失せる。

つまり、彼女を魔力で叩き出そうとしても無理だ。

「こんなこともあろうかと、バアル様は私に聖石を渡してくださいました。自分達の狭量さを聖王に見抜かれていたこと、恥を知ればよろしいわ」

ふんと勝ち誇った顔に、エレファスは苦い顔になる。

（プライドが高い。加えて聖王を慕っている、か……面倒だな）

聖王の命令だと張り切ってここにやってきたのであれば、使命感に燃えているのだろう。これでは協調性も何もあったものではない。面倒ごとしか引き起こさない可能性が高い。

だから言ったのに、と思いながらエレファスは進み出る。

「そこまでです」

「エレファス」

帰っていたのかという皆の視線を受けながら、エレファスはまず笑顔を向ける。

そうするといきなりネイファからにらまれた。

「なんですか、その顔は」

「え？」

「へらへらと、しまりのない。しゃきっとなさったらどう、阿呆ですか」

　人生経験上、笑顔は得意である。あの皇太后ララの暴挙に耐えてきたのだ。

　こんな見知らぬ女性に何を言われたところで、流せるはずだったのが、ほんの少しひびが入りそうになった。

　心の奥底に、結婚したとかいう衝撃が残っていたからだろう――つまりこう思った。

　仮にも、ほぼ初対面の夫に向ける態度か、それ。

「大体どこに行ってらしたのです、いきなり目の前から消えて」

「……皇都に」

「ああ、魔王様に泣きつきにいってらしたの？　結婚など聞いてないと」

　鼻で笑われた。なんか傷ついた。

「それで？　どうされるの。この者は私を傷つけようとしましたけれど、処分は？」

「……先に手を出したのは彼です、けれど君の言い方にも問題があります」

「言い方？　言い方で人は死にませんわ、魔法を向けられれば死にますけれど」

「尊厳を傷つけられれば、人は死ぬ」

　エレファスの反論に、ネイファが目を細めた。そのあと、嘆息する。

「一族を衰退に追い込む尊厳。それは尊厳ではなく、ただのわがままだと思いますけれど」

「君は俺の一族を侮辱しにきたのか。……ちょうどいい、話があったんだ。離縁しても君に不利益がかぶらないよう、バアル様とクロード様に確約はとった。君がここにいる必要はない」

「離縁するとおっしゃるの。私はアシュメイルでも五指に入る技術者ですのに」

「ここまでのやり取りで十分だろう。君はここに向かない、ここも君を受け入れられない」

エレファスの言い分に、うしろの面々が大きく頷く。

決してエレファスはこの者達に支持されているわけではないのだが、共通の敵がいればそういうものだ。半分呆れつつも、エレファスは眼前に集中する。

「出て行ってくれ。……俺の実家を綺麗にしてくれたことには、あとで報酬を払います」

ネイファが目を丸くする。と、突然くっと喉を鳴らしたあと、笑い出した。

唖然とするエレファス達の前でひとしきり笑ったあと、ネイファが妖艶な笑みを浮かべてこちらを見あげる。

「……私のこの一族に対する見解を言いましょう。時代遅れ、伝統と悪習の区別もつかぬ愚か者達が牛耳っている。現状を理解できず、無能なことも受け入れられず、駒に使われるだけの負け犬集団。できるのは魔法という曲芸だけ。ひょっとして猿が人間に化けているのかしら？」

「おまっ……」

「そんなお山の大将の男の言い分など、私が聞く必要がありまして？」

いきり立った周囲の中でエレファスは頬を引きつらせる。

今まで人間扱いされない人生を送ってきたが、正面から猿扱いは初めてだ。いっそゴミとかのほうがましな気さえしてきた。

しかもこんな上下関係もない赤の他人状態の美女に言われると、かなり傷つく。

「ああおかしい。猿から離縁すると言われるなんて」

「……では、人間が猿と結婚してるのはおかしいんじゃないですか？」

「何か私に要求するなら、せめて人間になってからおっしゃって」

ぴしゃりと言い切って、ネイファは踵を返そうとして——振り向いた。

「先ほどの作業。明日までに終わらせなさい。でなければ工房ごと不要とみなします」

エレファスのうしろにいる面々ににらみをきかせて、ネイファが背を向ける。颯爽としたその背中はいっそかっこよくさえ見えるのだが。

（……早く離縁しよう、うん）

自分の自尊心の安寧のために、エレファスは笑顔のまま固くそう誓った。

一族の皆に今更の挨拶をしてから事情という名の愚痴を聞き終わった頃には、日が沈んでいた。魔石の職人達、主に親方と呼ばれるクラスの面々をなだめるのに時間がかかったせいだ。鬱憤がたまっていたようで、同じ話を延々と聞かされた。

（傲慢、常に命令口調。しかもいらない工房を見せしめに爆破したって……）

思った以上に苛烈な女性だった。

（胃が痛い）

気は進まなかったが逃げるのも癪だ。帰宅したエレファスは、そっと居間をのぞいてみる。何か書き物をしていたらしいネイファが顔をあげた。

「おかえりなさいませ」

「あ、はあ」

「ただいまくらいおっしゃったらどうなの、礼儀のない」

ここは出て行ってほしいと再度要求すべきか。迷っている間に、ネイファはさっさと話を進めてしまう。

「夕飯の支度はできておりますわ。それとも湯浴みを先に？」

これはひょっとしてあれか、食事にするかお風呂にするかという新婚さんによくある問いかけか。ものすごい愚図を見るような目を向けられているが——まあ、慣れているといえば慣れている。

「……先に湯浴みをさせていただいても？」

「ではその間に夕食を用意します。着替えは浴室の棚にありますわ。タオルも」

「俺の着替えがどうして」

まだ旅行鞄から何も出していないはずだ。まさか勝手に、と思ったらネイファが小馬鹿にしたように言った。

「見ればわかります。あなたなら使い方もわかるでしょう」

それだけ言って、ネイファは立ちあがって台所へと向かってしまう。

釈然としないまま、エレファスは記憶にある浴室へ向かおうとして、ふと気づいた。火を投げ込まれ、ぼやを起こされたのは浴室あたりのはずだ。使えるのだろうか。

だが、おそるおそる見た浴室は、完全に様変わりしていた。

「……なんだこれ」

もちろん家の形が変わっているわけではないが――まず、脱衣所ができていた。新しい棚がしつらえられて、タオルやら着替えが入っている。その棚の横には洗濯籠があった。ここに脱いだ服を入れればいいらしい。

(確かに見ればわかるな。しかも効率のいい物の置き方……)

埃っぽい服を脱ぎ、奥の浴槽とのしきりになっている曇り硝子の戸をあける。

湯気がのぼっている見たことのない浴槽が現れた。そっと中に手を差し入れると、ちょうどいい温度だった。水面の下、新しい浴槽に何か見知らぬものがはめ込まれている――魔石だ。魔石で保温しているらしい。

同じしかけはエルメイア皇国にもある。だが魔王様の無茶苦茶な魔力で維持しているものも多い。それがこんな、言ってしまえば一般家庭に使われるなんて。

「……これが技術か」

「右にひねればお湯が、左にひねれば水が出ます」

「わあっ」

突然響いたネイファの説明に、反射で湯船に飛びこんだ。だが浴室の曇り硝子の向こうにある人影は動じた様子もなく、話を続ける。

「シチューを温め直しているのですが、何かだめな食材はおあり？　好き嫌いではなく」

「……ナッツ系は、かゆくなることが」

「そういうことは早くおっしゃって」

叱られた。

（いや、初対面じゃないか、ほぼ）

と言いたかったが、なんとなく言い返せる空気ではない。

「他には？」

「……大丈夫です」

「そう。ではのぼせないようにだけ気をつけて」

言うだけ言って、ネイファは戻っていった。

湯船の中でしばらくぼけっとしていたエレファスは、説明通り、浴槽についた蛇口をひねってみる。

右にひねればお湯。左にひねれば水が出た。

「……すごいな。これで温度調整するのか」

これが技術だ。

ドニが知れば、それはもう話が盛り上がるだろうなと埒もない考えが浮かぶ。

（いやいや、離婚するわけだから……でもなあ、あの性格がなぁ……）

あたたかい湯の中にいるせいか、緊張がほどけてしまう。

考えることに疲れたエレファスは、そのまま顔を半分湯に沈めた。


料理もできるというバアルの説明は正しかった。

風呂からあがって少ししたら運ばれてきた食事は、決して豪勢ではないが家庭的な普通の食事だった。温め直されたシチューと、ところどころ穴のあいたパン。ひょっとして、クルミなどのナッツ類を抜いてくれたのだろうか。

黙々と食事をしているネイファの顔を、エレファスは盗み見る。

(なんかこう、もっとひどい扱いをされるかと思ったんだけど)

這いつくばって床で食べろとか言われそうな気がしていた。どんなプレイだ。

ほとんど会話のないまま食事をすませる。片づけはエレファス自ら名乗り出た。では私は湯浴みにと、ネイファはさっさと浴室に向かってしまう。

台所を見てまた驚いた。火を入れずとも火がつくようになっているし、一番驚いたのは冷えた箱だ。アシュメイルでは必須の、食料を冷えたまま保存する入れ物である。アシュメイルから持ちこんだのか、それとも作ったのか。

皿洗いをすませて、居間に戻って、ふとネイファが座っていたソファへと足を向ける。

ソファの前には長細い机があった。そこに広げられているのは地図――いや、設計図だ。

レヴィ一族の村のどこに何があるかと、その改造案。そして爆破したという工房の、新しい設計図。

(――本当に優秀だな、これ)

五指に入るという自己申告に偽りはないようだ。

ソファに腰かけて、エレファスは天井を仰ぐ。

ネイファの評判は悪い。特に魔石加工を請け負ってきた職人からのウケは最悪だ。

だが、一部の若手職人からは、すごい、という評価がこっそりあがっているのを、日中エレファスは確認していた。特に女性からの評判がいい。

ネイファは自分が作った魔具や聖具を試作として、女性達の家事に使ってくれと渡したらしい。先ほどの風呂で見た湯を保温する魔具などは冬の今、重宝されていた。体が冷えると訴えた近所のおばあさんには、魔力をこめると温かくなる毛布を渡したらしい。

レヴィ一族で魔石を取り扱うときは、採掘がこれまで難しかったこともあって、まず戦争用に使われる。巨大な転移魔法装置、どことでも通信可能な機器などは、打倒エルメイアのために職人達がめざした夢の道具だ。だがネイファは、生活に根ざしたものを作る。それが女性達にはうけるが、壮大な夢を捨てられない職人の大半には受け入れられない。

くわえてあの性格と態度――うまくいくはずがない。

やはり離婚一択、そして今度はできるだけ当たりのいい技術者を連れてきてもらえるよう、なんとか根回ししよう。

少なくともネイファの技術をレヴィ一族の一部は価値があると感じた。それだけで十分だ。

「どうですか、その図案」

すっと背後に立たれて、悲鳴をあげそうになった。

「なかなかいいできでしょう」

「は、はあ」

「あと二つ三つ、面積だけとっている工房を吹き飛ばせばもっとよくなるはずです」

「吹き飛ばさないでもらえますか!?」

「残す価値があると証明してくだされば」

そういう態度が、と文句をつけようとしたエレファスの肩あたりに、身をかがめたネイファのいい香りが漂う。ふと見たら目の前に薄い布越しの胸があって、慌てて前を向いた。

それを知ってか知らずか、ネイファはエレファスの肩越しに腕を伸ばして、図面を指さす。

「エルメイアではまだ普及していない生活用具からまず手がけますの。でなければアシュメイルからの輸入に負けてしまいますわ。あちらのほうが量も生産できるでしょうし。でも関税がかかるはずですから、値段は勝負できます」

「……」

「その前に魔石の採掘ですわね。あとは魔法関係のもの全般、レヴィ一族が手がけるようになれば――ちょっと、聞いてますの？」

「……聞いては、いますが」

頭に入ってこない。言い淀むエレファスに、ああとネイファが声をあげた。

「胸を見てますの」

「見てませんよ！　めっちゃ図面見てるじゃないですか！」

「別に怒りませんわ、夫に見られても。むしろ見せる時間でしょう」

「は？」

思わず振り向くと、ソファの背もたれに腰をかけたネイファが胸の紐をわざとらしくゆらしながら首をかしげる。

「まさか、私に恥をかかせたりなさいませんわよね」

「……え、いや、俺は離婚すると」

「却下したはずです」

そうだった。となると――まさか。

（え、いいのか？　いやいやいや違う、そうじゃない！）

「そういうっ、ことは！　なしで！　気持ちがないのはもうなしで！　俺はもうそういうのやめたので！」

「童貞くさいことを言わないでくださる」

気遣いと尊厳が丸めてゴミ箱に捨てられた。絶句したエレファスの顎に、綺麗な指がかかる。

「安心なさって。胸ひとつであなたを落とせるだなんて思ってませんわ」

「……なん、なんの罠ですかこれ!?」

「ねえ、旦那様」

湯上がり姿だが、顔を近づけられて、うすく化粧をしているのがわかった。弧を描く唇の紅が、鮮やかなほど赤く、エレファスに迫ってくる——咄嗟に目を閉じたエレファスが取った行動は。

「……お前、なんでここいんの」

「…………」

さすがに一日四回も皇都と転移してたら疲れるな、とエレファスは床に手をつく。本当の疲れはこれが原因ではない気がするが。

（あれは駄目だ。無理だ。俺ひとりでは戦えない……っ！）

だからエレファスは顔をあげる。エレファスが考える限り、魔王様と聖王様相手になんとかしてくれそうな人物に。

「休暇で故郷に戻ったって聞いたけど」

「助けてください、胸にはめ殺される……」

「はあ？」

「でないと今からレイチェルさん口説きますよ本気で!!」

最初から容赦なく脅しをかけると、自宅で仕事をしていたアイザックが眉をひそめた。

夜だったので、話し合いは翌日に持ち越された。だが、エレファスの脅しはきいているのだろう。アイザックは帰れとも言わず追い出しもせず、彼が借りているというアパートメントに一晩泊めてくれた。

そして翌朝、仕事をうまくやりくりして時間をさいて、援軍まで呼んでくれた。

絶対に口説かせてなるものかという強い意志を感じる。レイチェルは強い。

「アシュメイル王国の妃か。誰か降嫁してくるのではという噂を私も聞いていたが、まさかお前に白羽の矢が立つとはな」

そして「古くさい」とか「なぜ私が」とか言われながらアイザックのアパートにあがりこんできたのはレスターだった。かつて打倒魔王で組んだこのふたりは、交流があるのだ――魔王の諜報員でもあるエレファスは知っていたが。

「要はお前をレヴィ大公にする布石だろ。レヴィ一族はお前以外に制御できないって判断だ」

「問題はもうそこにおさまりませんよ、俺どうしたらいいと思いますか⁉」

だんと両拳で机を叩くと、三人で囲んでいる四角いテーブルのうえでマグカップがゆれた。

「魔王様と聖王様の采配なんだろ？　無理じゃね？」

「不可能を可能にしてください、なりふり構わず勝負しかけますよ」

「自爆特攻はやめろ、策にもならん」

「じゃあどうしろって言うんですか！　このままだと俺は確実に食われる！　あの胸に！」

貞操の危機なのに、アイザックもレスターもさめた顔だ。

「羨ましいとは言わんが、そう必死で訴えられてもな。アシュメイルの後宮にいたのならさぞ美人だろう」

「俺の好みは可愛い子なんですよ、レイチェルさんみたいな！　彼女は真逆です！　胸は好みですが！」

「さりげなくこっちに流れ弾よこすな。……離縁する方法なぁ……その調子だと、その女から切り出させないと無理だろ」

「要求は人間になってから言えって言われましたよ、俺」

いまだかつてこんな煽りがあっただろうか。変な笑いまで出てきた。

「ええ、慣れてますよああいう扱い。でもそれは、俺が特殊な環境下だったからなわけで、真っ向からやられたのは初めてで。どうやったら人間になれるんですか、俺？」

「闇をこっちに向けるな。……まあ、あれだよな。お前と離縁っつーより、お前よりもいい相手がいるっていう方向に持っていくとかか？　たとえばこいつとか」

アイザックに目配せされて、レスターが眉をひそめた。

「まさかそれで私を呼んだのか？　……まあ、やぶさかではないが」

「ほんとですか!?　正気ですか!?」

「愛人枠なら大歓迎だ。皇帝陛下の報奨として下賜されたならばそうもいかんが」

とても貴族らしいことをレスターが言う。

「我が家からすれば欲しい女だ。だが、皇帝陛下が許すとは思わん。ドートリシュ公爵家も」

「……愛人枠なのにですか？」

「彼女は職人なのだろう。我が家で魔具の技術開発を率先させてくれるほど、皇帝陛下も懐は広くなかろうよ」

なるほど、とエレファスは納得する。

要は彼女はアシュメイルの技術そのものなのだ。それを嫁という形でやり取りしている。

「レヴィ一族にとってはありがたい話だと思ってますよ。ですがあの態度だと、うまくいくはずもないですし……ああもう、なんでまたうちにきたんだか」

「……そうだよな……ゼームスでもよかったはずなんだ」

ふとつぶやいたアイザックに、エレファスは顔をあげる。レスターも顎に手を当てた。

「あの半魔公子か。確かにそうだな……レヴィ一族に技術を独占させたいとまで皇帝陛下は考えていないだろう。それにミルチェッタの公子に聖王の支援があるということになれば、半魔であることへの反発もおさえやすい。レヴィ一族は魔法の扱いに長けているだけで、資金ならばミルチェッタのほうが潤沢だろうし……」

「はあ、そう言われれば……ゼームス様、決まったお相手がいるとも聞きませんしね。クロード様も、側近の結婚式に参加したいだけで本心は嫌がってますから」

「そうだよな。結婚式だってあげられたはずだ、ゼームスなら」

アイザックがつぶやく。眉をひそめていると、レスターが首をかしげた。

「魔王は側近の結婚を許さないのか？　なんのために」

「そういう方なんですよ……考えないで感じてください」

「感じろと言われても」

「なんで魔王様はゼームスに嫁がせなかったんだろうな。聖王様だってそっちのほうが得したはずだ」

何やら遠くを見ながら考えているアイザックに、レスターが珈琲を飲んで顔をしかめ——苦かったらしい——口を開く。

「本人の意向だろう、普通に考えれば」

「だよな」

ふたりに見られて、エレファスがまばたいた。

「彼女がうちを選んだってことですか？　……まさかうちなら牛耳れると思って？」

ゼームスは優秀だ。春には戻ることになっているミルチェッタ公国も、復興中とはいえ、レヴィ一族とは土台からして違う。

ミルチェッタ公国では大きな顔をできないと思ってこちらを選んだのかと顔をしかめていると、アイザックがテーブルに肘をついて、苦い珈琲をポットからどばどば注ぎ直した。

「その可能性は否定しねーけど。お前の話聞いてる限り、人によって態度変えるタイプには聞こえないから、違うんじゃねーの？」

「それは……まあ、じゃあなんで」

「お前は確かアシュメイルとの合同解体作業にいっていたな。ハウゼルの、空中宮殿の」

そう言いながら、レスターが持ってきた鞄をあけた。

エレファスが頷いている間に、何やら分厚い資料を取り出してぱらぱらめくる。

「その女の名前は？」

「……ネイファさん、です」

「ネイファ。アシュメイル綴りなら……あった、これだ」

どさりと音を立てて、レスターが書類を出した。紙面の欄の上には空中宮殿解体作業・調査参加者一覧、とある。

「……これ、解体作業の資料ですか？　なんでこんなものを？」

「気にするな」

「そうそう、気にするなって」

「確か神具とか一部の貴重品はこれから競売にかけられ……」

談合だ。レスターとアイザックが何を話す気だったかわかって、エレファスは呆れる。ゼームスとは話さないあたりが、アイザックらしいと言えばらしい。

「……まあいいですよ、俺は休暇中なので見なかったことにします。で、何の話でしたっけ」

「つまりお前は彼女と会っているのではないか？　空中宮殿の調査で」

「はい？　覚えはないですよ？」

聞き返したエレファスに、アイザックが言い直す。

「正確にはお前のことをその女が一方的に知ってる可能性があるってことだよ。だから嫁いできたんじゃないのか、お前に」

「はあ……確かに、顔くらい知ってる人間のほうがいいですよね」

「馬鹿なのか。それとも自虐癖が強すぎるのか。ミルチェッタ公子にだって会えただろう、聖王に頼めばいくらでも機会はあったはずだ」

　そうですね、とぎこちなくエレファスは頷き返すことはした。うっすらなんとなく、言わんとすることはわかるのだが、理解が追いつかないというか、認識したくない。

「俺を狙ってきた、ということですよね。……そんなに俺、御しやすそうですかね？」

「……それも否定せんが」

「お前に嫁ぐのが目的で、技術とかその辺の理屈は手段なんじゃねーのって話だよ。すっとぼけんな」

　アイザックにずばり言われて、エレファスは頬を引きつらせる。

　それは――つまり。

「……いやいや、聖王様を慕ってるふうでしたよ？」

「慕っているなら後宮に残っただろう。アシュメイルにとっても価値がある人物だ」

「……それは……え、ええー……」

「聞いてみれば？　俺に惚れてきたのかって」

　おめでとう、とアイザックが勝ち誇った顔で告げる。

暗に、だからもう余計な騒ぎは起こすな、と釘をさされた気がした。

「ネイファ様ってどんな方ですの？」

アイリーンの質問に、スコーンにジャムを塗っていたロクサネがまばたいた。相変わらず聖王の正妃は星のように静かで美しい。そのロクサネと闘う後宮にいた妃なのだから、さぞかしネイファという女性も美人なのだろう。

優雅な手つきでスコーンを皿に置いて、ロクサネは考えこむ。

「そうですね……とても美しい女性です。そして強い方です。わたくしの立場がまだまだ弱かった頃、サーラ様におもねるでもなく、バアル様におもねるでもなく、ひたすら作業に没頭しておられて。……一度、正妃以外は許されない禁色の赤で衣装をそろえよう、などとくだらない嫌がらせがはやったんですが」

アイリーンも目撃したやつだ。

「あの方は一切話を聞かず、作業着でおすごしでした」

「……ロクサネ様をかばった、とかではないんですの？」

「そうですね。そんなものが必要ならば正妃から退いて出て行けと、目が語っていました」

なかなか不遜な女性だ。だが、アイリーンはそういう女性は嫌いではない。

お茶をひとくち飲んで、ロクサネがまぶたを落とす。

「わたくしは思ったものです。この方はバアル様の寵愛を受けるかもしれない、と。実際バアル様は彼女の頭の回転のよさや技術を買っておいででしたし、きつくてもはっきりした物言いや、誇り高さを好ましく思っておられました。しかもあの肉体……わたくしにもサーラ様にもないものをお持ちです。どうしたらああなれるのか……」

「ロ、ロクサネ様？」

「いえ。……厳しいですが情もある方です。ハウゼルの一件で、バアル様を向かわせるために偽証もしてくれました。彼女だけがなんの対価もなくです。その彼女の頼みですから、聞かないわけにはまいりません。わたくしも、バアル様も」

いい話だと思うが、アイリーンからすればエレファスに関わることだ。

「うまくいけばいいのですけれど……クロード様が心配でそわそわなさってますわ。お気に入りの魔道士が悪女に食べられやしないかって。ちょっと過保護がすぎません？」

「バアル様も心配しておいでです。そのたび、わたくしは思います。よかったと」

目を丸くするアイリーンにロクサネがひっそりと笑う。

「彼女はわたくしに言いました。もしわたくしがバアル様の子を、聖なる力の強い跡継ぎを産めなければ、次は自分だと。わたくしは否定しませんでした。もしそういったことになった場合、バアル様はわたくしの合意をとるでしょう。わたくしは彼女ならまだましだ、と思っていたので――身分的に決してわたくしを脅かさず、わきまえている彼女なら」

「……」

「そんなわたくしの思惑を承知で、彼女はわたくしに取引を持ちかけたのです。後宮を出て行く、そのかわり自分を好きな男のところへ嫁がせろと。……難しくないお相手でよかった」

ふっとロクサネがアイリーンに微笑む。だいぶ表情が豊かになってきた。

バアルのおかげなのだろう。

「軽蔑なさいますか？」

「いいえ、好きですわそういうの。わたくしも他人事ではありませんし」

「お互い、苦労しますね」

「本当に」

「ロクサネ様！　パフェのお店、予約取れました！　……って」

くすくす笑い合っているふたりに、飛びこんできたサーラが首をかしげる。

給仕しているレイチェルは素知らぬふりで、からになったお茶を注ぎ足した。

◆

女性から好かれることは今までだってあった。

どこかの魔王様のように顔だけで人生を渡っていけるほどではないが、それなりに甘い顔立ちだし、笑うと優しく見えるらしく、ペット扱いしたい女王様から夢見る少女までそこそこに経験はあったと思う——大体、上下関係がついていたが。

（……こう考えると、まともな女性から好かれた経験ない気がする、俺）

自分から好きになったのは、リリアとアイリーン。それもなんだかふわふわと始まり、気づいたら終わっていた。レイチェルは可愛いなと思っていたが、好みだっただけだ。そもそも古城に勤めている男で、レイチェルを好ましく思っていない男なんていなかった。

総合すると――つまりまともな恋愛経験がない、ということにならないか。

「いやいやいやいやいやいや」

アイザックのアパートから叩き出されたエレファスはひとり、皇都の公園のベンチで首を振る。だがすぐにぐったりとうなだれた。

「せっかくの休暇がまったく休暇じゃない……」

「あ、やっぱりエレファスだ」

うなだれていたエレファスを覗きこむようにして、突然顔が現れた。

ベンチにすがりつくようにしてエレファスは飛びのく。昨夜から悲鳴をあげそうなことばかりだ。

「リ、リ、リ、リリア様？　ど、どうしてここに！」

「ふふふ、お散歩」

「あ、あな、あなた、今、監視中では――いえ、もう休暇中だからいいですけど……」

見て見ぬふりをしよう、と思った。どうせ魔王様は把握済みに違いない。異母弟をいじめるネタくらいにしか思ってないだろう。

立ちあがったリリアはどこで手に入れたのやら、紙に包まれたパイを持っていた。着ているものもどこから調達したのか、周囲とまったく違和感のない素朴なワンピースだ。それでもやはり顔が可愛いので、周囲からちらちら見られている。

「久しぶりね、元気だった？　何度か姿は見てたけど、ふたりきりで話すのって……確かあれよね。レヴィ一族の反乱がどうこう以来」

ふふっとリリアは可愛らしく笑っている。そう、リリアの予知夢とやらを聞かされて、エレファスはレヴィ一族の反乱を止め魔王の記憶と魔力を奪う作戦を立てた。

「あのときはごめんなさい？　私のこと嫌いになっちゃったかしら」

「いえ……まあ、巡り合わせだろう、とは」

だまされたのだろうが、不思議と腹は立たなかった。苦々しい思いもない。どちらかといえば、羞恥心がこみあげてくる。あのときの自分は相当ひとりで盛り上がっていた——いや、思い詰めていたということにしておこう。

(酔ってたんだな、俺はきっと)

結ばれない恋とか、そういうものに。

そう気づくと本格的に恥ずかしくなってきた。

「ねえ、結婚したってほんと？」

「……それ、どこから」

「アイリーン様から。ちょっかい出すなって。失礼よね。私だってもう人妻よ？」

ぷんとむくれるリリアに、はあと気のない返事をしながら、内心で歯噛みする。

（アイリーン様もグル。ということはクロード様の弱みもないわけだ……だいぶ詰んだ）

嘆息していると、リリアがエレファスの横に腰をおろした。

「ねえねえ、結婚相手はアシュメイルの後宮にいたってほんと？　美人？」

「はあ……まあ美人ですよ」

「んーモブで美人なキャラ……あっ黒髪の美女？　きつそうな、ぼんきゅっぼーんの。サーラを貧相って笑ってた！」

なんだかそう言って鼻で笑う姿が想像できてしまったが、本人かどうかはわからない。

しかしエレファスの顔から返事を得てしまったのか、リリアが足をぶらぶらさせて、エレファスの顔を横から覗きこむ。

「好きになれそう？」

なんとなくリリアから顔を背けて、乾いた笑いを浮かべてごまかした。

そうすると意味深に笑い返された。

「そうよね、あなたが好きになるのはいつも、別のことや違う人に夢中な子だものね」

「――え？」

「気づいてなかったの？　やだ、今更私にゲームみたいなこと言わせないで。あなた本当は誰かに好かれるのが怖いんでしょう、なんて」

――ほんの一瞬だけ、翻弄されるように彼女を目で追っていた浮かれたあの時間に戻った気がした。

ただ木漏れ日の下で浮かべる彼女の笑みは、残酷だ。

（……ああ、そうか。俺は）

何もかも見透かしたような、それでいて自分を相手にしていない彼女に、安心していた。

羨ましいほどの愛を、違う相手に捧げるアイリーンに、安心していた。

その強さが、愛が、世の中のきれいな欠片たちが、自分とは関係ない場所にあることに、安堵していた。

「……俺、うしろむき……ですかね」

「そうね、そういうキャラだったけど」

「あー……いえ、自虐癖は自覚してましたが。自覚してやってたつもりなので、それは……」

でも本質的なところで、自分は思い違いをしていたらしい。

「……いやいやいやそれ以前に人間扱いしない相手とか無理でしょ！　いきなり好きって言われても！　戸惑うでしょう、普通⁉」

「そう？　私は好きって言われたら好きになっちゃうなあ」

そんなに軽くていいのか。

愕然とするエレファスの横で、リリアはぱくぱくとパイを食べている。なんだかパイが、彼女につまみ食いされた自分と他の誰かのように見えて、複雑な気分になった。

「……いえ、うっすらわかってるんです。あれです、俺は、俺なんか相手にしてもらえませんよねっていうのが、気楽で……うわぁ駄目男の典型だこれ」

「ゲームのあなたは、俺は幸せになる資格がないーみたいな爆笑ものの台詞吐いてたけど」

「誰の話ですか、それ。いや片鱗はありますけど、幸せにはなりたいですよ」

「なら、直さないとだめじゃないの？　自分なんかっていうの」

「でもこう、色々あるんですよ。故郷の事情とか、そういうの。あと合わない、絶対合わない」

「珍しい、あなたがそれだけさけるなんて。大抵なんでもけろっと流すくせに」

そのとおりだ。自分の不誠実さを突きつけられた気がして、口調が弱くなる。

「……いきなり嫁とか言われたら、そうですかといくほど、達観してないので……」

「だったらよかったじゃない。ゲームのあなただったら多分、てきとーに受け入れたんじゃないかしら」

「適当って結婚ですよ!?　適当にしていいもんですか結婚!?」

「だめだったら離婚すればいいじゃなーい。離婚イベントってあるのかしら」

けらけら笑っているリリアはどこまでも軽い。自分が間違っている気がしてきた。

そもそも、なぜこんなことをよりによってリリアに話しているのだ。自問自答しながら、エレファスはうなだれる。

「でも、そうねーこのまま全年齢を守ってくれても嬉しいかな。応援してあげよっか？」

「ものすごく嫌な予感がするので結構です！」

全力でお断りすると、リリアがまた笑う。これ以上は危険だと、エレファスの長年の勘が言っていた。

（とりあえず、話してみるしかない。彼女と）

どうして彼女がレヴィ一族に嫁いできたのか。それでも譲れることと譲れないことはあるが、話し合いがなければ離縁も何もない。

「どうも、愚痴につきあっていただいて有り難うございました。では」

「私を捕まえなくていいの？」

「さっきも言いましたが休暇中ですので、これ以上関わりたくな――って⁉」

立ちあがったエレファスの背に、ぴとりとリリアがくっついた。何だなんの罠だと硬直している間に、背伸びをしたらしいリリアの吐息が首筋近くにかかる。

「あなたも楽しいものを見せてくれたから、そのお礼」

「は？」

「あなたはゴミなんかじゃない。ちゃんと人間よ」

意味深な言葉に次は何がくるかと構えていたら、リリアはすっと離れてしまった。おそるおそる振り向いたエレファスから一歩身を引く。

「反応しないか、やっぱり。アイリーン様に飼い慣らされるとみんなそう」

「……ごく最近人間になれとか言われたので、優しいなって思いましたが」

「そう。でもそれ、いいことよ。あなた自身をちゃんと見てるってことだわ」

嬉しそうに、でもどこか切なそうに目を細めたあと、リリアは手を振る。

「ネイファだったかな、そのモブキャラ。よろしく言っておいて。私を楽しませてくれたらエレファスをあげるわねって」

「いやあげるって俺、いつあなたのものになってました⁉」

「ララ皇太后から譲り受けたつもりよ、復讐者のエレファス・レヴィは」

反論できずに固まった。

だがリリアは言うだけ言って、振り向きもせず軽い足取りで公園の散策に向かってしまう。

ぞわぞわした首筋あたりをなでながら、エレファスはそれを見送った。

「なんだったんだ……」

拍子抜けしながら、エレファスは場所を移動する。人目につく場所で転移するのは面倒だ。とりあえず夜になる前に戻ろう。夜になったら負ける気がする。

(……でもどうするんだ、俺。聞くのか。本人に)

俺のことを好きですかなんて、聞いたら——ぶん殴られそうな気がした。殴られるだけならまだしもゴミを見るみたいな目で見られて、踏んづけられる気がした。あの綺麗な足で。

「っていやいやいや違う‼　やめよう、自虐癖。直そう。まだ戻れる今のうちに」

ぶつぶつ言いながら、深呼吸し直す。

休暇二日目、時間はあまりない。

悩んだエレファスが花を一本買い、転移する頃には、夕方になっていた。

しかも転移した先は、家ではなく家の玄関前だ。

「想像以上のへたれだな、俺は……」

夕日が目にしみて我ながら笑える。

とはいえさすがに悩むのも疲れてきたので、さっさと家に入った。わりあい、自分は追い詰められるとやけくそになるらしい。

勢いをなくさないよう、玄関をあける。しんとして静かだった。

「……いないのか？」

まだ日は傾き始めた頃だから、外出しているのだろうか、と思いながら、直接転移する勇気がなかった居間に入る。

そこで異変に気づいた。

踏み荒らされた絨毯。われた花瓶の欠片と、にじんでいる水。

倒れた椅子と、脚の折れたテーブル。切り裂かれたようなカーテンに、何か焦げ付いたような壁紙――魔力の残滓。

灰だらけになっていた暖炉に残った、設計図の燃えかす。

買ってきた花を、その場に落とした。

「ネイファ――さん!? どこですか！」

踵を返したエレファスは自分を叱咤したくなった。

聖具を持っている、知識がある、作れる、それだけで彼女はただの人間だ。道具というのは、誰でも使えるという利点があるかわりに消耗品でもある。

そしてここはレヴィ一族の村。魔力を使える者達が当たり前にいる。

昨日のあの騒ぎからして、ネイファはだいぶ反感をもたれている。いくら聖具で対応しても、物量で押されたらひとりの彼女に勝ち目はない。

もともと、特攻まがいに魔王に挑もうとするような視野の狭い、そして未来のない一族だった。皇帝となったクロードを未だに警戒している者も多い。権力者を信じられないのだ。今までがひどすぎた。それはわかる。

だが彼女に何かあって、聖王の怒りを買ったら、もはやエレファスの手に余る事態を引き起こしかねない。

（あぁくそ、あの性格が強烈で……！）

想定できた事態だった。聖具を過信するな、レヴィ一族を侮るなと、エレファスはもっとネイファに言い聞かせるべきだったのだ。

「エレファス兄ちゃん！　いた、よかった！」

外へ出たとたん、よく知る子どもが駆けてきた。その顔色からエレファスは自分の想像が間違っていないことを確信する。

「職人達か!?」

「う、うん。兄ちゃんのお嫁さんを追い返すとかなんとかいって、つれてっちゃって……！」

「どこに!?」

「使ってない工房！　村はずれにある、あっちの、一番大きな」

その方角に振り向いた瞬間、爆音が響いた。

風が巻きおこり、砂と枯れ葉が空に舞い上がる。続けてもう一発。今度は先ほどより大きく、キノコ雲があがる。報告にきてくれた少年も、あんぐりと口をあけてそれを見あげていた。

ネイファを心配するべきかもしれない。

だが散々、アイリーンやリリアで鍛えられたエレファスの観点は違った。

「――ひょっとして、村のみんながあぶないんじゃないか!?」

「……う、うん。僕もそんな気がする……」

かつて聖剣を振るい村を制圧したアイリーンの姿を知る少年は、頷いて同意した。

✦

♛

✦

ネイファがエレファスを初めて見たのは、砂漠の上だった。

神秘に包まれたハウゼル女王国の技術。その叡智が詰め込まれた空中宮殿。エルメイアとの国境付近での作業であり、もともと宣戦布告されたのはエルメイアであるから、解体作業という名のお宝発掘作業は合同事業となった。

参加させてやる、ただし浮気はするな、姦通罪に問わねばならなくなると笑うバアルのはからいで、ネイファは後宮の妃であるにもかかわらず、特別に調査を許された。

ぼろぼろになったハウゼル宮殿の内部は危険と隣り合わせだ。聖なる力は魔力から身を守ることに特化していて、それほど万能ではない。ちょっとした崩落はしょっちゅうで、そのたびに駆り出されていたのがエレファスだった。

魔王の寵臣、実質的なエルメイア側のトップである。アシュメイル側からすれば緊張を強いられる相手だ。だが、エレファスは人当たりが柔らかいうえ、妙に弱腰だった。

数ヶ月かける現場では諍いも起きやすい。仲裁に入るたびに下手に出るその姿に、威厳はなかった。じょじょに皆に打ち解けていく一方で、なめられていった。

そのあたりから、発掘した物の一部が紛失することが多くなった。ハウゼル女王国の技術品だ。高く売れるだろうし、欲しがる権力者も大勢いる。想定できた事態であり、バアルもそれを見越してネイファを諜報がわりに送りこんだことはわかっていた。女性相手だと口が軽くなる相手は多い。

最初から盗難を警戒していたネイファは、犯人に当たりをつけていた。だが困ってもいた。

まず、アシュメイルとエルメイア、双方に犯人がいること。告発のしかたによっては国際問題になりかねない。そして——どう考えてもその犯人達の間を調整し、指示を出しているのがエレファスだったからだ。

これは自分の手に負えない事態かもしれない。バアルの判断を仰ぐべきかと思い始めた頃だった。

ある日突然、アシュメイルとエルメイアの双方から警備団が一緒にやってきて、作業中にもかかわらず問答無用で犯人達をしょっぴいていった。

啞然とする皆の中で、犯人がエレファスを指さした——あれも仲間だと。

エレファスはどこにそんな証拠があるのだと一笑に付した。

「俺は魔王の魔道士ですよ。それをお忘れですか」

そのときのエレファスの冷たい嘲笑は、今でもネイファのまぶたに焼き付いている。

つまりあの男は、へこへこ頭をさげて御しやすく弱腰な管理者を演じ、犯人達の中に潜りこんで、一網打尽にしたわけだ。盗品すらすべて管理していたのだというから恐れ入る。

話をしてみたい、と思った。

だがそこで気づいた。解体予定とはいえ、後宮の妃だという自覚の強い自分がバアル以外の男性と話してみたいと興味を持つ。これは、浮気ではないだろうか。

おそらくそんな疑念を抱いた時点でそうだったのだろう。

してはならない、と禁じられると欲望が膨らむのが人間の性だ。気づいたら自然に目がエレファスを追うようになり、声が聞き分けられるようになった。

その中でも特にあの自虐的な物言い。何度文句をつけてやろうと思ったか——この自分が気にかけているのにあの男はそんなことなどちっとも気にせず自身を貶めている。なんて屈辱だろうか。何度その場で説教してやりたかったか。よく耐えたと、ネイファは思っている。

後宮に戻ったネイファは、バアルに後宮を出ることを願った。

聖竜妃が住むようになり、ロクサネが寵愛されるようになった後宮に、もはや自分の出番がないことはわかっていた。あるとしたら、ロクサネが子を産めなかった時の二番手だ。

バアルはいい男だ。いい王でもある。愛情などなくとも、その子どもを産んで次の王を育てる――そういう人生も悪くはないと思っていた。

だが抱かれるよりも抱きたい男ができてしまったのだから、もうしかたない。

世の中ではそういう不条理を恋という。

そう、だから楽しみにしていた初夜に夫に逃げ出されてさすがに少し落ちこみ、そのあとどうしてくれようと策を練っていたせいで周囲への警戒がおろそかになり、間抜けな魔石職人どもに遅れを取ったのだ。

（我ながら愚かだわ）

そう思いながら、縛られたネイファは嘆息する。

両腕ごと巻きつけられた魔力仕込みの鎖。両手首も前できっちり縛られている。起き上がるのにも一苦労な、ぎちぎち具合だ。工房の溶炉の前にある柵と鎖がつながっている念の入れようである。

ネイファが聖石の力を使えるのは指輪のおかげだと魔石職人達は見抜いたのだろう。指輪はすぐさま取りあげられた。だが体の隅々まで裸にしてでも調べようとしないのが、間抜けというか愛嬌というか。身をかがめて胸元をさぐると、ころんと小さな魔石が出てきた。

「――だからここまでするのはまずいって！　彼女はアシュメイルの人間なんだぞ！」

「エレファスに嫁いできたんだから、うちの一族だ！　罰しようが何しようが文句言われる筋合いはない！」

しかも一部の暴走だったらしく、ネイファを捕まえておいて今後どうするかもめている。

馬鹿か、とネイファはさめた目で思うと同時に、夫の苦労を思った。

だが馬鹿は罪ではない。学べばいいだけだ。人間、大事なのは環境である。

そもそもレヴィ一族をここまで馬鹿にしてしまったのはエルメイア皇国だ。クロード・ジャンヌ・エルメイアはその責任を取ろうとしている。

今がチャンスなのだ。きっとそれを理解しているのは、自分と夫だけだろう。

――そう思うと、悪くない。

周囲をうかがいながら、ネイファは指先でスカートをたくしあげる。最初くらい慎ましくしようかと考えて服を選んだばかりに、生地が重たかった。まったく、らしくないことなど考えるべきではない。

「あいつら、俺達から魔石の技術も取りあげる気なんだ！　俺達があの転移装置を完成させるのにどれだけ」

「だがもう、ハウゼル女王国では国内で普及しているものだと……」

「そんなことわかるもんか！」

「本当ですわよ」

声をあげたことで、ネイファが目をさましたことにやっと気づいたらしい。

「ハウゼル女王国の技術は神がかっています。あんなものが普及したら世界が変わります」

「……っだったら俺達が！」

「だから魔王はあなた達にその力を持たせようとすると同時に、警戒しているのです。なぜそれがわかりませんの」

しんと静寂が落ちた。

自分達はやれる、できる、なめるなとわめくくせに、誰一人、自分達の価値を把握できていないのだ。ネイファは呆れる。

「あなた方には世界を変える未来があります。なぜそれを、あなた方が信じませんの。……まあ、私の旦那様もそんなところがありますが」

「な、なんだよ今更。あ、アシュメイルのほうが、技術は進んでるって、散々……」

「当たり前でしょう、それだけ努力してきた国です。私も学びました。だから今から追いつくんですのよ。……ああなるほど、それが嫌なのかしら？　勝負することが」

負けが染みついている人間の思考だ。性癖みたいなものである、しかたない。

ふんと鼻で笑って、ネイファは膝を立てる。思惑通り、真っ白な脚が衆目にさらされた。ぎょっとするこの一族はなんとまあ、初心なことか。

ガーターに仕込まれている装置にも気づかずに。

「でも、そんなあなた方でも何もなくなってしまえば、立ちあがるでしょう？」

この古びた工房で作っていたのは、彼らの悲願。

きっといつか、一矢報いてみせる。それで一族が滅びても本望と、作り続けた転移装置。

もうこの一族は滅びなくていいのに。

「この工房はもういらないと思っていたので、爆発するようしかけがしてあります」

「は？」

「ちなみにこれ、その起爆装置ですの」

さあ、燃えてしまえ。

そうすれば違う時代がやってきたことを、目が、体が覚える。

ネイファは縛られたままの指先で、躊躇なく魔石を押しこんだ。

跡形もなくするには、爆破にも順序がある。ネイファの計算どおり、まず、離れの工房が爆発し、皆が悲鳴をあげた。

「止めて欲しければ、指輪をお返し――」

続けて背後のほうが爆発して、誘拐犯達が一斉に逃げ出す。ネイファは首をかしげた。

（順番を間違えた？　そんなはずは……ひょっとして転送装置と連鎖反応したとか？　あら、なら結構なものを作っていたんじゃないの）

この工房は最後に爆破する計算なのだが、なんてことだろう。感心すべきか、慌てるべきか考えて、ネイファは自分の格好を見る。

どう考えても逃げ出すのは無理である。既に周囲には誰一人いなくなっていた。

しかたなく、脚を振ってサンダルを脱ぎ、ひっくり返す。裏側には聖石が仕込まれていた。

聖王を呼べる聖石だ。どこに仕込んどるのだ、と呆れていたバアルの顔が思い浮かぶ。できれば使いたくなかった。夫が侮られてしまう。

だが今は、バアルに助けてもらうしかない。

「ネイファ!! ――さん」

指先で聖石に触れようとしていたネイファは、驚いて頭上から響いた声に動きを止めた。

エレファスだ。転移してきたのだろう。慌ててネイファの前に降り立つ。

「よかった、無事ですね!?」

ぱきんと音を立てて、あっという間にネイファを拘束していた鎖がほどけて消える。

さすが魔王の寵臣。魔王の魔道士だ。

その間にも右手側の建物が吹っ飛び、工房がゆれる。焦った顔のエレファスに、ネイファは言った。

「ここは最後に爆発しますので、まだ大丈夫でしてよ」

「何が大丈夫なんですか、やっぱりここも爆破予定なんですね!? ああもう、いきますよ」

「あ、待っ――」

サンダルを取る前に、問答無用で抱き上げられてしまった。

「なんですか、話はあとです!」

このままではバアルからもらった聖石も駄目にしてしまう。だが、怒っているらしいエレファスを見たネイファは、その手をエレファスの首にまわした。

「落ち着きのない。助けにくるのが遅いからです」

「いやこの爆破、あなたがやったんですからね!?」

魔法で転移するのは初めてだ。

笑ったネイファは、夫にまかせて目を閉じた。

結論から言えば、ネイファはこの一件について処罰を求めなかった。身内の出来事、と片づけてしまったのである。

この姿勢には感じ入る者が多く、ひたすらネイファに反目していた職人達が他の人間からこっぴどく責められる——というまさに『身内らしい』終わり方で、この一件は終わった。

これで、ネイファに手を出そうとする人間はいなくなるだろう。それもこれも、跡形もなく吹き飛んだ工房爆破の威力だ。気が向いたらあれをしかけるとネイファに脅された職人の一部は、腰を抜かしていた。

そして、買ってきた花を花瓶に飾られながら、聖王を呼ぶところだったとちくちく刺されるという飴と鞭を与えられるのは、エレファスの役目である。

「ここまでレヴィ一族が馬鹿だとは思わず、感動しました」

「ほんとすみません……」

「何を謝られるの。あなたの一族でしょう。つまり私の一族です。本当に頭の痛いこと」

　ふうっと嘆息したネイファの肩もみをしていたエレファスは、一瞬だけ手を止めそうになった。だがすぐぎろりとにらまれる。

「まだ終わってませんわよ、砂時計の砂が落ちるまでです」

「あ、はいすみません、ネイファ……さん」

「なんですの、今の中途半端な呼び方は」

「はあ……ではどうお呼びすれば」

「呼び方ひとつご自分で決められないなんて。そんな夫を持った覚えはなくってよ」

　ええ、と思いながら、エレファスは考える。

　居間の暖炉から、ぱちりと薪が折れる音の分だけ、迷った。

「じゃあ……ネイファさんで」

　小馬鹿にしたように鼻で笑われた。

　まさか、呼び捨てのほうがよかったのか。いやでも、そっちでも調子にのっていると嘲笑される気がする。

　鏡で風呂上がりの手入れが終わったばかりの自分の顔を確かめていたネイファが、眉をひそめた。

「なんですの、その情けない間抜け面。地ですか。地なら直してくださいな」

「……地は直らないんじゃないですかね……」

「努力なさってくださいな。元はいいんですから。……かわりますわ」

え、と思ったら、ネイファがソファから立ちあがっていた。追い立てられて、先ほどまでネイファが座っていた場所にエレファスが座らされる。

ネイファがテーブルの上にある砂時計を、反対にした。

さらさらと砂が再びこぼれ出す。

「え、まさか肩もみしてくれるんですか」

「有り難く思いなさいな」

すっと首筋を細い指でなでられて、背筋が伸びる。だがネイファは肩をもみ始めてからすぐ目を細めた。

「……固すぎません？　全然指が入らない」

「そ、そうですか？　自分ではわからないんですけど」

「そう、あなたらしいこと。ご自分のことに無頓着」

その笑いを含んだ返答に、なぜだか腹の底がむずむずした。

うしろからの暖炉の灯り。テーブルにのっている燭台の灯りも柔らかい。その雰囲気に流されたのだろうか。

いつ言い出そうかと思っていた言葉が、考えもなく滑り出た。

「……あの、俺はあなたに会ったことがありますか」

珍しく打てば響くようなネイファの返答がなかった。妙な焦りがエレファスを突き動かす。

「その、なんであなたみたいな人が、うちに……俺に嫁いできたんですか。あなたなら、聖王の後宮に残れたはずだ。実際、聖王様を呼び出す聖石なんて持ってたわけで……バアル様がそれだけ目をかけているってことですよね、あなたに」

　答えはない。肩もみだけが続いている。

「聖具を作るとか言っても、うちよりも聖王様の後宮のほうが楽じゃないですか。同じ降嫁にしたって他にもいい相手が、あなたは選べたのでは」

「……」

「……つまり、俺をわざわざ選んでくださったのではないか、という結論になるわけで。実際俺は条件、あんまりよくないですし。俺は大公になる気もないですし、なったとしても聖王には地位も権力も及ばない」

「…………」

「しかも……あの、怒らないでくださいね。総合すると、あなたが俺のことが好きなのではないかというおっそろしい分析を聞いたのですが……」

「………………」

「すみませんなんか答えてくれません!? いたたまれない!!」

　音をあげたエレファスを、ネイファが容赦なく嘲笑した。

「面白いお話ですから黙って聞いてさしあげたのに」

「面白いですかそうですか!! それはよかったです……もう嫌だ、なんだこれ」

「いいザマですわ。最初はいらない、一族のためにもならないと目もくれなかった昨日からたった一日」

ちょろいと言われたようで、ますます落ちこみそうになった。

だがするりと肩もみをやめた手が前にまわって、腕をからめられた。首の後ろに当たった柔らかい感触がなんなのか、考えてはいけない。

「今夜は逃げないでいただけるかしら」

「あ、いやちょっとお待ちを！　俺はまだあなたを好きになったわけではなくてですね」

「そんなことどうでもよろしいではないの、往生際の悪い」

「どうでもよろしくないと思います!!　俺だってですね、ちゃんとこう、恋愛してみたいんですよ!!」

言った。言った自分、えらい。

だがこみあげてくる羞恥で顔が赤い。それを両手で隠しながら、エレファスは続ける。

「ですからちょっと、時間をいただけると……！　ちゃんと、あなたを想定しますので！」

「まだるっこしい」

「俺の夢を丸めてポイ捨てするのやめてください！　……俺は、ろくなことをしてきてないので、本当に」

だからいつも見ているだけだった。

まっすぐあんなに愛し合う、恋人達に。そうやって生きていける人達に。

「……だから、憧れなんですよ。だめですか。あなたとだけは、ちゃんと関係を築きたいって、だめですか」

　ネイファが嘆息と一緒に、耳元でつぶやいた。

「おいくつでしたかしら？」

「やめてください言ってること恥ずかしくて既に死にそう……」

「私にしたら、好きな男に嫁いで、好きな男に抱かれるなんて、これ以上ないまっとうな道ですのに」

　両眼を開いた。恥ずかしさを忘れて両手から顔をあげたエレファスに、ネイファが微笑む。

「よろしいわ。おつきあいしてさしあげても。人間にしてさしあげようと思ってましたが、人間になってからでも悪くありませんわね」

「……」

「浮気はしないこと。よろしい？」

「……あ、はい」

「休暇が終われば皇都に戻られるんでしょう。週末は帰ってきてくださる？」

　う、と今度は別の恥ずかしさがこみあげてきた。ネイファの顔がまともに見られない。なのに、肩に置かれた手に触れたくなる。

「はい。……できるだけ、普段も、帰ります。転移、できるんで」

「そうなさって」

「……そ、それともあなたが皇都に、きますか。俺は今、魔王の古城で世話になってるんですが……部屋は、借りられます、し」

「一緒に住んで何をなさるつもりなの。あなたの希望に添うなら当然、別々の寝室ですわよ」

「……。やめてくださいそういう理性がぐらつくこと言うの」

「勝手にご自分でおっしゃったんでしょうに」

そのとおりである。

煩悩と理想の狭間で悶えていると、ネイファの笑い声が聞こえてきた。むっとしたエレファスは、肩に置かれたままの手を引っ張る。

「一応、俺も男なので、やられっぱなしはちょっと」

「あら」

まったく彼女がひるまないのは、そこに愛と許しがあるからだ。

そう思うと、不思議と迷いはなかった。早いとも思わなかった。ちゃんとした関係を築こうだなんて、規範も。

(ああでも、手を出したら流されるような)

そう思いながらも瞳を閉じて吐息をからめたそのとき、突然首根っこを引っ張られた。

驚いてエレファスは目をあける。今のは絶対、いける雰囲気だったのに――。

「……なんですの、これ」

「は？　――ちょっ」

ぐいっと無理矢理シャツの襟部分を持ちあげられて、首が絞まりそうになる。だが、眼光を鋭くしたネイファの顔を見て、口を閉ざした。

経験上、よく知っている。下手な発言をしたら死ぬやつだ。

ネイファが低く、唸るようにつぶやいた。

「……口紅」

——まさか、リリア。公園の、あのときのか。

言い訳するより、ネイファに胸ぐらをつかまれるほうが早かった。

「どなたかしら」

「な……なにかの、悪戯じゃないですかね……」

「それにしてはちゃんと唇の形でついてますわね？」

「……」

リリアは聖剣の乙女で、でも罪人で、エルメイア第二皇子の妻である。なんかもう、人物像を説明しようとするだけでややこしい。

故に、エレファスは笑顔を作った。

「気になさらなくて大丈夫ですよ」

「あら、いい笑顔ですこと。ねえ、旦那様。体に聞いてもよろしいのよ？」

するりと体をよせたネイファが、シャツのボタンに手をかける。

休暇二日目、夜。

再びの貞操の危機にエレファスは逃げ出さず、中間管理職的な能力を遺憾なく発揮して、妻をなだめにかかった。

休暇四日目。昼過ぎに古城の部屋に戻ったエレファスは、まだ休暇中だというのに既にげっそりしていた。

「いいですか。絶対に変な騒ぎは起こさないでくださいよ、聖王様はともかく魔王もいるんですからここには！」

「旦那様の職場を荒らしたりしませんわよ。いいから早く案内してくださいな」

「ああもう、嫌な予感しかしない……」

だが、仕事中に押しかけられるよりはましである。

魔具と聖具を作るための工房を牛耳ったネイファは、長期的な研究として転移装置の開発を決めたのだ。この決定に、工房爆破ですっかり消沈していた古参の職人達は喜びあがった。いまだネイファが心から受け入れられたとは言わないが、反発はもう意地やわだかまり程度の話になっている。

全否定からの肯定。飴と鞭だなあとエレファスは心の中で言うだけでとどめておいた。

「あれっエレファス？　もう戻って――ってなんだその美女!?」

廊下をまがったところで、ウォルトとカイルと鉢合わせした。

ということは魔王様は今、聖王様かアイリーンと遊んでいるのだろうと当たりをつけ、エレファスは確認する。

「すみません、急いでるので。バアル様はどこに？」

「クロード様と執務室だ。ちょうど昼食で、俺達はアレス殿と交替させてもらった」

「なあ、まさかそれが噂のお前の嫁？」

「……そ、その話はまたあとで――いっ！」

背後からネイファに髪を引っ張られた。

「なにをごまかしてらっしゃるのかしら、旦那様？」

「す、すみませ――あの、ネイファ、さんです。俺に嫁いできてくださった」

「……エレファスお前、ちょっとこい」

「な、なんですか」

ウォルトに肩をつかまれて廊下の隅に引きずり込まれる。

「どういうことだあれ。なんだあの美女」

「……せ、聖王様の後宮にいたわけですからそれはまあ、美人で当然……」

「なんっだそれ!!　うらやましい！　何、あの胸!?」

「どこ見てるんですか!?」

「ちょっと……そちらのあなた」

丸聞こえの会話を無視して、ネイファがカイルに話しかけた。

「バアル様にお話がありますの。どちらにいけばよろしい？」

「申し訳ないが、バアル様は賓客です。警護の関係上、見知らぬ方に教えるわけにはいきません。ご承知おきください、ご婦人」

カイルがきちんと対応する。怒り出すかと思ったら、ネイファは頷き返した。

「もっともね。私こそごめんなさい。あなたは旦那様の同僚？お名前を聞いても？」

「カイル・エルフォードと申します。おっしゃるとおりエレファスの同僚ですが、あなたはエレファスの奥方ですか」

「ええ。ネイファというの。宜しくお願いするわ」

「こちらこそ。エレファスは色々難しい事情を抱えてますが、いい奴ですから」

なんだかまっとうな挨拶に、エレファスは感動してしまった。ネイファが笑う。

「あなたのような方が同僚でいらっしゃるなら安心だわ。――そこの方も」

「あっはい!?　あー俺はウォルト・リザニスっていいまして」

「見るならこっそりになさいな。それが礼儀ですわよ」

ネイファが胸の大きく開いたドレスの胸元に手をのせながら、優しく微笑む。女性慣れしているであろうウォルトが、ぽかんと口をあけてほうけた。

「ではいきましょう、旦那様」

「あ、はい。すみません、またあとで」

呼びつけられて、エレファスは力の抜けたウォルトの腕から逃げる。

廊下の曲がり角で、背後から叫び声が聞こえた。

「何あのいい女!?　代わってほしい！　俺もあんな嫁がほしい!!」

「お前、そういう態度を今、注意されたんじゃないのか……？」

「その注意の仕方がたまんなくよかっただろ!!　うらやましすぎる、エレファスぜってーあとでしめる！」

八つ当たりじゃないかと思ったが、原因のネイファは涼しい顔だ。

「可愛らしい方々ですこと」

「はあ……ネイファさんは大人ですね」

「まさか妬いてらっしゃるの」

「……」

「勝手に修行僧になってるのはご自分でしょうに」

「そうですね!!」

やけくそで肯定したがむなしいだけだった。

だがしかし、ネイファが惜しげもなくさらけ出している胸も妖艶な肢体もエレファスのものである。そう思わないとやってられない。

前夫と会わせろ、などと言われてはなおさら。

「ネイファ。なんだ、もう余が恋しくなったか」

「まあ、バアル様ったら」

執務室の扉をあけた瞬間、余裕の笑みをみせる聖王様とずいぶん柔らかく微笑むネイファを見て、エレファスはすっと目を横にそらして、まず自分の主君に頭をさげる。

「クロード様、ご歓談中、失礼します」

「かまわないが、どうしたんだ？　まだ休暇中だろう」

「……はあ、まあ、妻にお願いされまして……」

「お前に渡してあった聖石が壊れたな。どうした」

「やはりご存じでしたのね。色々ございましたのよ」

やたらと背後のやり取りが大きく聞こえて、笑顔で固まったエレファスに、クロードが目を細めた。

「なるほど。お前も妻に甘いわけか」

「そういうわけでもないですよ。今、ちょっと考え直そうかと思ってます」

「僕はお前の味方だ」

「やめてくださいクロード様、きゅんとしそうになった自分が悲しくなりました」

「大丈夫だ、僕の魔道士は聖王になど負けない」

そう言われて、エレファスはほんの少し息を呑んだ。

脚を組み替えたクロードが頬杖をついてバアルのほうを見ている。いや、ネイファを見ているのかもしれない。

「大公になる気にはなったか？」

「……ならなきゃいけないんだろうな、という気にはなってきました」

「ならまあ、お前の嫁としては合格だろう」

「合格って……ならないとか無責任だ馬鹿かどこまで負け犬根性なんだとか滅茶苦茶罵倒されたんですけど……」

――あなた以外、いったい誰がなれるのです。

自信満々にそう言われて、はあまあそうかもしれない、と思ってしまったのは確かだ。

「お前以外にレヴィ大公はいない。それさえ自覚したなら、彼女は用なしだが？」

悪戯っぽくクロードが目線だけこちらに向けた。エレファスは少し考えて、嘆息する。

「聖王様が前夫とか、つらいですよね……」

「大丈夫だ、お前なら勝てる。主に陰湿さで」

「ほめてませんよそれ!?　――って近すぎませんかそこ!!　なんで膝の上にのってるんですネイファさん！」

思わず振り向いてしまったので、ネイファとバアルの姿が視界に入ってしまった。

バアルの首飾りを指でもてあそびながら、ネイファがくすりと笑う。

「あらやっと気づきましたの、旦那様ったら」

「愚図すぎるな。余の膝の上にネイファがのる前に止めにこんか」

「わかりました正妃様呼んできます」

「ふん、こんな程度でロクサネが妬いてくれると思うなよ!!」

堂々と言い切ったあとで、自分で傷ついたのかバアルがソファの肘掛けに突っ伏した。

バアルの膝の上からおりたネイファがくすくす笑う。

「相変わらず正妃様には初心でらっしゃること。ネイファは心が痛みます」

「離縁を申し出ておいて、ぬけぬけと。お前には目をかけていたのに」

「あら、ネイファを惜しいと思ってくださる？」

「お前はいい女だ」

「ちょっまたなんで近づいていくんですかそこ、必要ないですよね！」

「でしたらバアル様。レヴィ一族に格安で聖石、売ってくださいな」

胸元から取り出した書類を、ネイファがバアルの眼前にたらす。バアルが固まった。

「あと旧式の工房具一式も譲ってくださいませ」

「……おま……この契約書、ほとんど売値が原価……」

「ネイファ、困っておりますのよ。嫁入り道具だと思ってお願いしますわ。ただ、ここにサインしてくださるだけでよろしいの。でなければ私、ロクサネ様に色々ご相談してしまうかもしれません……あの夜のことも」

意味深なネイファの一言に、バアルが頬を引きつらせた。

立ちあがったネイファは、バアルを見おろしながらぴらぴらと書類を振っている。

「……サインする。サインするから記憶から消せ、よいな」

「ネイファは嬉しゅうございます」

「待ってくださいあの夜ってなんのことですか!?」

「修行が終わったら教えてさしあげますわよ」

「もう嫌だ、俺、修行やめたい!!」

「お待ちください、バアル様！」

突然、執務室の扉が開いた。ロクサネだ。扉の外ではアレスが呆れた顔で嘆息し、ロクサネについてこようとするサーラを引き止めていた。関わるな、と言っているようだ。

つかつかと歩いてきたロクサネは、珍しく微笑んで見せた。

「お久しぶりです、ネイファ様。お元気そうで何よりです」

「まあ、ロクサネ様。今は大事な時期なのですからおとなしくなさっていたほうがよろしいのではなくって？」

「お気遣いありがとうございます。今、バアル様に何を書かせようと？」

「契約書ですわ。お優しいバアル様は格安で聖石を売ってくださると。ええ、後宮を追い出されてしまったばかりでお金がないものですから」

ロクサネがバアルが署名しようとしている契約書を手に取る。慌ててバアルが言い訳した。

「いや、ロクサネ。別に余は脅されただけではないぞ」

「……。期限は二年。レヴィ一族が軌道にのるまで、というならば確かに妥当でしょう。ですがこのままでは契約しかねます」

「まあ。何がご不満かしら、正妃様には」

「同じように二年、こちらにもほぼ原価で、採掘した魔石を売っていただきます」

ネイファとロクサネの間に見えない火花が散っている。そっとソファの端に移動するバアルの気持ちがエレファスにはわかった。

一応、エレファスはクロードをうかがう。

「あの、クロード様……どう調整しましょう」

「僕には関係ない。レヴィ一族はもう大公国だし、自治権があるし、お前が頑張るべきだ」

「いきなりぶんなげましたね⁉ でもうちは実質、エルメイア皇国の属国ですからね⁉ ああもう……ネイファさん、そこまでで」

ネイファが眉をつりあげた。エレファスは薄く笑い返す。

「お気遣いは嬉しいですが、大丈夫です。俺がなんとかしますよ」

目を丸くしたあとで、ネイファが意味深に微笑んだ。

「そう……なら旦那様におまかせします。このお話はなしで、ということにしましょう」

「バアル様、今すぐ署名いたしましょう。次は今より足元をみられます」

「ちょっ、ロクサネ。そう引っ張っては署名ができな」

「あの夜とはなんのことですか」

「聞いて……痛い、いたたた指を折る気か⁉」

もはや契約書も何もなく、聖王とその正妃はじゃれ合っている。だいぶ痛そうだが。

クロードもさみしくなってきたのか、昼食の片づけを終えたキースに、アイリーンはと尋ねていた。引き際を感じて、エレファスは戻ってきたネイファに確認する。

「もういいですか？」

「ええ。これでバアル様ももう心配なさらないでしょう」

当然みたいにネイファがエレファスの腕に両腕をからめてくる。まったく悪びれた様子がないものだから、エレファスは少しだけすねたくなった。

「いいんですか。今ならアシュメイルにまだ戻れ──いったあ痛い痛い足踏んでます！」

「馬鹿なことおっしゃってないで、さっさと次の用事にいってくださいな」

「あ、はい……」

「ネイファ」

正妃から指を取り戻したバアルが、こちらを見ずに契約書にサインをしながら言った。

「すまぬな。苦労ばかりかけた。──幸せになれ」

「うしろでロクサネ様がにらんでますわよ、ああ怖い」

怖いのは聞いているこちらである。

契約書はあとで回収すればいい。いっそなくなってもかまわない。何よりこれ以上の騒ぎが起こる前にと、エレファスはネイファの腰に手を回して、さっさと転移で退散した。

休暇最後のネイファの願い事はふたつ。まずはバアルに挨拶と報告をすること。

そして残るはこれだ。

「ほんと、勘弁してくださいよもう……胃が痛い」

「あら大変。今晩は消化にいい食べ物にいたしましょう」

「うわあ有り難うございまーす……」

力なく答えたエレファスは、皇城のはずれにある城壁にもたれかかる。

晴れてはいるが、真冬の空の下だ。風が吹けば身震いがくる。エレファスは防寒用のマントを着ているからましだが、ネイファの格好はどうにも寒そうに見える。

なのにネイファは平然とした顔で、城壁の中を見ていた。何か体に暖の取れる魔具でも仕込んでいるのだろうか。尋ねずに、そっと自分のマントを広げて、包み込むようにうしろから抱きついてみた。

「寒くありませんわよ」

「……見てるほうが寒いので」

「修行はどうなさったの？　やめるんでしたっけ？」

細い腰の線をなぞってしまった手のことを言っているのだろう。

言い訳のようにエレファスはつぶやく。

「だってこれはもう、男の性というか……こう……これはさわるでしょう⁉」

「修行がたらないのではなくて？」

「そのとおりです、はい」

ネイファの肩に額をつけるようにしてうなだれると、笑われた。情けない。

「修行やめたい……そう思ってしまう俺が憎い、ちょろすぎて」

「安心なさって。私を目の前にして四日もよく耐えてらっしゃいますわ」

「そういうまた俺がぐるぐるすること言わないでくれます!?」

「勝手にやましい妄想なさってるだけじゃないの」

「くそ、修行がたりない……なのに修行やめたい……そもそもどうして修行してるんでしたっけ、俺……」

「我慢が誠実さだと勘違いしてらっしゃる殿方は多いですわよね」

ああ、なるほどと納得してしまった。

同時にとても無駄なことをしている気がしてきた。

「気が済むまで好きになさったら。私はどちらでもよろしいわ。明日からあなたはお仕事ですし、あまり離れがたいことはなさらないほうが体によろしいでしょう」

「ほんと俺の理性ぐらつかせるのうまいですね!!」

「後宮の妃をやってましたのよ」

これが手練手管か。ぐりぐりネイファの首筋に額を押し当てながら、エレファスは唸るように告白する。

「……ちょっと妬けました」

「ちょっと？」

「すみませんかなり妬きました！　……妬いた自分にびっくりしましたね、ええ。相手、聖王様ですよ。普通にかなう相手じゃないでしょうに、よくもまあ嫉妬なんてできたものです」

「そう。人間らしくていいのではなくって」

「……。たとえば今日の夕方で修行を終わったことにするのって、人間らしいですか？」

ふっとネイファは悟ったような顔をした。

「足、さわってますわよ」

「すみません手が！　未熟な手が勝手に！」

「好きになさったら。あなたの問題なんですから。……あれがリリア様とアイリーン様？」

ネイファが指さした先に、エレファスも視線を動かす。

騎士団の訓練の視察だ。ただしご令嬢方へ向けたものであるので、クロードではなくアイリーンが主催である。エルメイア皇国の軍事力を見せつける——といえば聞こえはいいが、要はかっこいい騎士達を見せてきゃあきゃあ黄色い声をあげる会である。サーラがやたら騎士にきらきら目を輝かせているので、ためしにと考案したらしい。他国への牽制もかねて、第二皇子の妃であるリリアも駆り出されていた。ここぞとばかりにリリアにひっつかれてアイリーンが頬を引きつらせている。

寒空の下でも元気いっぱいだ。はしゃいだ声がここまで聞こえている。

「そうですよ。あの群青のドレスを着た方が皇后陛下。それにひっついている方が義妹のリリア様です」

そう、と淡泊に応じるネイファに、エレファスは目をぱちぱちさせた。

（見たいって言うからつれてきたのに）

べったり口紅をつけただろう犯人について、結局エレファスは洗いざらい吐かされた。リリアの説明をするためにアイリーンのことも話した。

それでもこの性格なので、初恋の子でしたとか、実は二番目に惹かれた女の子でした、とかは決して言わず、さとらせずを心がけていたのだが——まさか、気づかれたのだろうか。そういう勘はとんでもなく鋭そうだ。

しんとした沈黙が怖くなってくる。

と同時に、なんだかそわそわした。

もし気にしているなら、それは嫉妬だろう。

（いやまあアイリーン様やリリア様に喧嘩売られても困るんだけどな!?）

でもどうしよう、嬉しいかもしれない。

自然と気持ちは行動に出た。ぎゅっとネイファの細い体を抱きしめてしまう。普段のあの怖さから想像もできないほど、柔らかくて華奢だ。

離したくなかった。

そう思った時点で、もはや修行は意味をなさない気がする。

まだネイファはじっとアイリーン達を見ている。その目をこちらに向けてほしかった。

「……あの、ネイファ、さん」

「何かしら」

「修行、やめてもいいですか……」

おそるおそる伺いを立てると、くるりと振り向かれた。悪戯っぽく下から見あげられる。

「覚悟を決めたということでよろしいかしら？」

「は、はい。でもその、なし崩し的には、しないので。今夜の俺は、頑張ります」

しどろもどろの答えなのに、よしよしと頭をなでられる。嬉しいのが悔しい。

「じゃあ、帰りましょうか」

「……いいんですか？」

往生際悪く確認すると、ネイファが笑った。とても綺麗に。

「ええ。あの見るからに全年齢対応な体、私の相手ではありませんし」

「それ絶対、アイリーン様とリリア様に言わないでくださいね!?」

エレファスは手を差し出す。ネイファは迷いなくその手を取ってくれた。

きちんとするならば、結婚指輪が必要だな。

そんな当たり前のことを考えながら、エレファスはその手を握り返した。

第二幕　護衛達の婚約

エレファスの婚姻届を執務机の真ん中において、魔王様が尋ねた。

「お前達はどうなんだ、そういう相手はいるのか」

赤い目が据わっているので、相棒と目配せし合ってウォルトは答える。

「相手がほしいくらいですよ」

「今のところ仕事で手一杯です」

「だがいずれ結婚するんだろう。そして僕を置いていくんだ、エレファスみたいに……」

部下の婚姻届に署名する前なので、魔王様が何やらこじらせている。素早く原因に目を向けると、魔王の魔道士は穏やかに笑った。

「いや、俺は売られたんですよね？」

「だがほだされてしまった。僕に貞操を貫くと信じていたのに」

「嘘ですよね。完全に俺を政略に使いましたよね？　被害者ぶっても駄目ですからね？」

「お前、本当にキースに似てきてないか。昔はもっと僕の機嫌を取ってくれた」

「褒め言葉だと思っておきます。そうだ、クロード様の意見を取り入れて妻が新しい写真機を試作してますので、近々持ってきますね」

「そうか。楽しみに待っている。写真を撮るとアイリーンが恥ずかしがって可愛い」

クロードの理不尽な非難をかわしたうえにご機嫌までとったエレファスは、確かにうしろでお茶を用意している魔王の従者に似てきている。

「で、お前達はどうなんだ。僕に隠れて女性とつきあったりしていないだろうな」

また話が戻ってきた。ウォルトは呆れて言う。

「そうです。そんなことをしたら仕事が増えます」

「そんな恐ろしいことしませんよ……」

「いないんだな？」

「「いません」」

ぴったりふたり、声をそろえて言う。こういうあたりはこの魔王の護衛になってから得た特技だ。

「恋人がほしいくらいですって。こないだの休暇も俺寝てただけで……あ、泣けてきた」

「そうか。ならよかった。これがお前の釣書だ、ウォルト」

「はい？」

ものすごい角度で振ってきた話に、ウォルトの笑顔が固まった。

釣書。お見合いの前にくる、履歴書代わりのやつだ。

「……えー、聞き間違いですかね？」

「僕は言い間違えてない。お前にはいずれ適当に爵位を与えて適当な女性と適当な時期に適当に結婚させるつもりだったからな」

「適当連呼しないでくださいよ、適当すぎでしょう！」

「なぜ怒る。適切なという意味なのに」

「いや違いますよね、テキトーって意味ですよね」

「言葉遊びはいい。とにかく適当に行ってこい」

「いやいやいやいやいや待ってくださいよ！　俺だけ!?　カイルは!?」

横で目を丸くしているカイルを指さすと、クロードが難しい顔をした。

「いくらふたりでひとつの僕の護衛とはいえ、妻も共有するのはどうかと思う」

「違いますそういう意味じゃないです！　こいつはお見合いしないのかっていう」

「ひとりくらいは結婚させてくださいと頼まれてみたい」

その回答に確信した。執務机に身を乗り出して、ウォルトは唇の端を持ち上げる。

「遊んでますね、クロード様」

「エレファスは一週間もたなかったからな」

ついエレファスをにらむと、素知らぬ顔をしていた。最近ますます態度がふてぶてしい。まさか結婚して落ち着いたとでもいうのか。

「お前なら大丈夫だと思うが、相手に粗相のないように。今日の夜会も忘れるな」

「いやあのですね、俺、まだ承諾してませんけど」

「僕がせっかく用意したのに？」

「小首かしげればお願い聞いてくれるのはアイリちゃんだけですよ！」

「アイリーンから聞いた。愛人役は得意だそうじゃないか」

ぎくりと身をこわばらせると、クロードがとてもさわやかな笑みを浮かべていた。なお花瓶のつぼみは閉じたままなので、本当に笑っているわけではない。回答を間違えれば突風で窓がわれるほうの笑いである。

「僕が行けと言っているんだ。わかるな？」

そして答えは一択である。

「はい、喜んで！」

「自業自得だ」

横で呆れた相棒の言い様に足を踏んづけてやろうとしたが、さっとよけられた。

「そうだ、お見合いについてもうひとつ注意がある。お前はウォルト・リザニスじゃない」

「はい？」

「僕の護衛でもない。どこかの貴族の三男坊だ。アイザック・ロンバールとかいう」

「はあ⁉」

叫んだウォルトの横で、カイルが眉をひそめる。

「それはつまり、身代わりですか？　でもなぜ」

「相手について知り得た情報について、僕とキース以外に報告はしないこと。不必要な口外は、たとえカイルとエレファス相手でも禁じる。もちろん、アイリーンにもなしだ。最終的にお前の婚約は僕が決める。魔香を売っているなんて、噂だけを鵜呑みにするわけではないが」

ただの身代わりではない。同じことを察したカイルが口をつぐみ、ウォルトは肩から息を吐き出す。

(潜入捜査)

「見合いとはいえ、せっかくの機会だ。僕の護衛としての品位を損なわず、紳士的に、仲良くやってくるように」

「おまかせください。女の子と仲良くなるのは得意ですからね」

クロードが差し出した釣書をウォルトは笑顔で受け取った。


見合い相手になって相手の情報をさぐる。そういう潜入任務が得意なのは、ウォルトのほうだという自覚は、カイルにもある。だからクロードもウォルトを選んだのだろう。そこに今更焦りを覚えたりだとか、子どもっぽい感情はない。

「……お前、本当に大丈夫なのか」

だが、なんとなくこうして口を挟んでしまう。癖になってるのかもしれない。

「何、お前、見合いしたいのー?」

「そういうわけではない。……どんな相手なんだ」

「守秘義務がありまーす。クロード様に不必要に口外するなって言われてるの、お前だって聞いてただろ」

「不必要に、だろう」

そのあたり、クロードは柔軟だ。だがウォルトは鼻で笑っただけだった。

「いいからちゃんと護衛してろって。俺が抜ける分、お前がやるんだぞクロード様のお守り」

そう言われると、目を護衛対象に移すしかない。

きらびやかなシャンデリアの下、皇帝夫妻が中央で夜会最初のダンスを踊っている。まだまだ花盛りの皇后が皇帝を見あげて頬を染めている姿は可憐だ。男装したあげく、アヒルの着ぐるみを着て警備隊だと学園を走り回っていた人物と同じだとは思えない。

（……結婚、か）

自分には縁のない話だ。名もなき司祭の寿命はせいぜい二十五歳前後、二十歳になる前に死ぬのも珍しくないのだから――そう思っていた。

だが、魔王に何やらされて二十歳になり、想像とはまったく違う人生を手に入れて、それが当たり前になってくると意識が変わる。最近、エレファスが結婚したことも大きい。結婚や家族というのがもう他人事ではないのだと、ぼんやり思うようになった。

少なくとも、自分にも政略結婚はあり得るのだ、くらいには。

（……俺も皇帝の近衛の配偶者にふさわしい、クロード様が許す相手を見つけねば見合いだろうな……）

そう考えると、また隣のウォルトが気になってしまう。

「……クロード様も、お前にこんなことをやらせるなんてな」

「お前、さっきからやたらからむねー。俺が得意だからでしょ、何が不満なんだよ」

「お前が得意だからだ。以前とは違うということを自覚しないと、いずれ境界線がわからなくなるぞ」

ウォルトがほんの一瞬、無表情になる。だがすぐに、いつものいやらしい笑みで隠してしまった。

「初恋がアイリちゃんのお前に言われたくないね」

「なっ……」

「俺の心配する前に、自分の情緒を心配しろよな。クロード様はなんだかんだ俺達に甘いってわかってるだろ。皇帝の近衛にふさわしい相手を見つけないとなんて考えてるだけじゃ、一生独身のままだぞ」

考えていたことをそのまま言い当てられてしまった。舌打ちしたい気分をこらえて、横目でにらむ。

「それはお前だって同じだろうが」

「俺は自分で見つける自信あるもーん。できれば年上がいいなー。ぶっちゃけエレファスが本気で羨ましい」

「……もういい。こんな場所でする議論じゃない」

「それは同感」

今の自分達は皇帝陛下の護衛中。どんなご令嬢が声をかけてきても「仕事中ですので」と断る、見目麗しい護衛の鑑である。言い争っている姿を見られるなどもってのほかだ。

「外の見回りをしてくる」

気分を切り替えるためにそう告げると、ウォルトはひらりと手を振った。了解の合図だ。

勇み足にならないよう気をつけながら、皇帝夫妻のダンスに拍手を送る会場に背を向けてテラスへと足を運ぶ。

本日の夜会の主催はドートリシュ公爵家だ。皇城ほどではないが、会場についてはある程度情報を持っているし、警備配置も事前に知らされている。何より皇后の実父であるドートリシュ公爵ならば、皇帝に仇なす可能性はほぼない。外の見回りといってもほとんど散歩のようなものになる。

(あまり宜しくない場面にもよく出くわすから、好きではないんだが)

いつもならサボり目的でウォルトが外回りに出て自分は会場に残るのだが——やはり、何かしら苛立っているのかもしれない。そしてウォルトも、与えられた任務に緊張しているのだろう。魔香というものは、どうにも自分達の『実家』を思い出させる単語だ。

とはいえ、教会がクロードに与したため、魔香は昔のような組織犯罪より素人めいた売買のほうが多くなってきた。危険はそう大きくない。

過去に引きずられずに、気を引き締め直そう。

だが、背筋を伸ばそうとしたとたん、早速何やらあやしげな音が耳に入った。

横目で見た先には、カイルの背をゆうにこえる高さの分厚いしげみがある。その向こうから、人の声がする。

この先は確か古びた東屋があるだけの場所だ。つまり格好の密会場所である。

果たして男女の密会か、それともあやしげな悪巧みの密談か。経験則上多いのは前者だ。それを思うとげんなりするが、警備をしている以上、耳をすまさねばならない。言葉は聞き取れないが——苛立ったような男の声に、か細い女性の泣き声、だろうか。

（何かトラブルか？）

目を細めると、がしゃんと物が倒れる音がした。まさか暴力沙汰かと、カイルは素早く周囲を見回す。しげみの向こうに行くにはぐるりと回って庭園の出入り口に向かわねばならず、時間がかかる。舌打ちして少し後ずさり、石畳の通路を蹴った。

軽々としげみをこえると、思いがけずすぐ近くに芝生の上でうなだれているドレスの女性の姿があった。しかもしげみを跳び越えているところから視線がかち合ってしまう。

綺麗な深緑の目だった。しゃがみこんでいるせいでドレスが花のように広がっている。きらきら瞳が輝いて見えるのは、目元で散る涙のせいか。丸い月の明かりの中にひっそり現れた妖精のようだった。

まばたきもできずに見つめ合ってしまったカイルは、着地してからはっと我に返る。

ふわふわした金髪の頭にはなぜかカップケーキとクリームがのっており、生成り色のドレスには染み——おそらくにおいと色から察するに葡萄酒だ——が広がっていた。芝生にはひっく

り返った盆とわれたグラスの破片、菓子スタンド。本来なら綺麗に盛りつけられていたのだろう菓子の数々が転がっている。さっきの物が倒れる音はこれだろう。あたりに人はいない。

（他にも誰かいた気がするのは気のせいか？）

場所は違えど似たような光景なら見たことがある。料理や菓子を運んでいる最中に、メイドが足をすべらせて転がったときだ。

だが古びているとはいえドレスを着ている彼女が、メイドとは考えにくい。

「……」

どういう状況なのか考えこんでいる間に、女性のほうが我に返った。

「……も、申し訳ございません！　見なかったことにしてくださいませ……！」

突然女性が立ちあがり、踵を返そうとして、転がった盆の上でヒールを滑らせた。

「あ」

「あぶない！」

つるんとすべった背中を慌てて受け止め、そのままクッション代わりに芝生の上に尻餅をつく。ついた手のひらに、小さな痛みが走った。グラスの破片で切ったらしい。

「も、申し訳ありません、私のせいで……！　ど、どこかお怪我は……⁉」

「ああ、いや」

つい手のひらを見たせいで、女性に怪我を気づかれてしまった。ざあっと女性の顔が青ざめるのを見て、カイルは慌てる。

「擦り傷ですので……お気になさらず」

それに、おそらく数十秒とせずに治ってしまう。そんな人外じみたところを見せたら怖がらせてしまうだろう。隠そうとすると意外と強引に手を取られた。

「お、お待ちください。私、よく転ぶので持っております」

カップケーキを頭にのせたまま、女性が懐をまさぐり、ほっとした顔でハンカチを差し出した。だがすぐに、はっと焦ったように付け足す。

「あ、洗ってありますので……！」

「は、はあ」

よくわからない言い訳につい相づちを返してしまったせいで、忘れてしまった。気づいたときには、目を丸くした彼女の前で手のひらの切り傷が消えていく。

思わずカイルは顔をそむけ、手をうしろに隠そうとした。だがその前に柔らかい声が届く。

「まあ……私、初めて見ました、魔法」

「は？」

「あなたはひょっとして魔法使いですか？　そういえば空を飛んでこられましたものね」

気味悪がるでもなくころころ笑った彼女は、でもせっかくですからと取り出したハンカチで手のひらの、もうない傷を覆ってくれる。まるで普通に怪我をしている人間にするように。

「助けてくださって有り難うございます、魔法使いさん」

「あ……いえ」

柔らかいハンカチに包まれた手のひらをついつい凝視していたカイルは、立ちあがった女性への反応が遅れてしまう。

「わ、私こういう場にうとくて……後片づけは誰にお願いすればよろしいでしょう……？」

「あ、ああ。屋敷の者に、俺が知らせておきますから、あなたは早く着替えたほうがいい」

「有り難うございます。……あの……恥ずかしいので、今宵のことは忘れてくださいな」

頬を染めて小さな声で頼む女性に、カイルはただ頷いた。

「では、失礼致しますわね」

「あ」

誰何する前にカップケーキを頭にのせたまま、女性はドレスをつまんで軽やかに駆け出してしまう。それこそ妖精のように。

本当に全速力で追いかければ追いつけるのだが、追いかけることができなかった。

「お前、何やってんだよ？」

「え？」

言ってしまえば、いつどうやって、お菓子と葡萄酒がひっくり返ったそこから会場に戻ったのかも、ウォルトから声をかけられるまでわかっていなかった。

「服の裾、なんだこれ。ワインの染みか？　どこで汚したんだ、着替えてこい。予備が控え室にあるだろ。見目が悪いってアイリちゃんの雷が落ちるぞ」

「……ああ、そうだな」

「っつーか何、そのハンカチ」

ああ、と我ながら曖昧な相づちを打って、手のひらのハンカチをほどく。レースもない絹でもない、木綿のハンカチだ。だが清潔だ。何度も洗って使っているのだろうとわかった。ほつれた糸で刺繍がある。名前だ。

同じものを覗きこんだウォルトが、小さくつぶやく。

「……リラ・ルヴァンシュ？　これって……」

「妖精だ」

「は？」

怪訝な顔でウォルトがハンカチと、それを見つめている自分を見比べている。うまく言葉にできないまま、カイルはもう一度つぶやいた。

「妖精に会った……」

相棒がおかしくなった。

いつもこちらが辟易するくらい細かくきちっとしているのに、何やらぼうっと宙を眺めている。もう三日だ。治る気配すらない。

気を取られている様子にクロードの不興を買いかねないとはらはらしたが、クロードも「妖精はいるんですね……」というカイルのひとことにさすがに引いたらしく、触れてはいけない案件――もとい、見守ることにしたようだ。あの魔王様は存外、危機管理能力が高い。

(仕事にミスはないからいいんだが、大丈夫かねー。……いや問題はそこじゃないか)

話が空中分解してよくわからないが、カイルの話をつなぎ合わせると、先週の夜会で妖精にハンカチをもらったらしい。妖精というのは現在頭がお花畑のカイルの比喩だろうから、意中の女性ができた、ということだろう。

妖精みたいな女性などいない。いるとしたら妖精に化けた女性だ、というのがウォルトの持論だ。のぼせあがっているカイルに言うほど野暮ではないが。

いや、言えない理由はそれだけではない。思わず溜め息が出てしまう。

「――クロード様、絶対面白がってるなあれは……」

カイルがのぼせている女性の名前は、ハンカチから察するにリラ・ルヴァンシュ。

アイザック・ロンバールになりかわったウォルトの、これから始まる見合いのお相手の名前である。

(なんでまたこんなことになったんだかな)

掃除の行き届いた応接間で待たされている間に、わかっていることを頭の中で整理する。

まず、リラ・ルヴァンシュ伯爵令嬢には、魔香売買の疑いがある。

噂の発端は他でもない、彼女の身内――数年前に亡くなった彼女の両親に代わってルヴァンシュ伯爵となった、彼女の叔父だ。

両親のこともあるし、早く結婚して落ち着いてもらいたい。そう夜会でやたら気を揉んでいるという話がクロードの耳に入った。皇帝が一介の伯爵を気にかけた理由は当然ある。

数年前、資金繰りに困った前ルヴァンシュ伯爵――リラの両親は教会と通じて魔香を売る商売に手を出し、叔父に告発されたのだ。ただ、その真偽を確かめる前に、両親とリラの姉が事故に遭って死んでしまった。おそらく教会に始末されたのだろうとウォルトは思っている。

いずれにせよ伯爵夫妻と娘――リラ嬢にとっては両親と姉――が事故死し、結局売買のルートはわからないまま、疑惑のままで終わってしまった。だが、ルヴァンシュ伯爵家には、資金を得るため魔香に手を出す動機はあった。由緒正しい名門貴族でありながら、領地の不作で困窮に喘いでいたのだ。

だがそれも、告発者である叔父が爵位を継いでから、少しずつ立て直した。新しくルヴァンシュ伯爵となった彼は結婚もせず、たとえ兄夫婦が魔香を扱っていたとしても姪は何も知らなかったと、リラ嬢を手元で育てたのだ。ここまでなら立派な話である。

先日、十六歳になったリラ嬢が皇帝夫妻が主催する舞踏会で社交界デビューした。両親の一件があり、ずっと人目をさけていたご令嬢だ。ルヴァンシュ伯爵が堅実でしっかりしたお嬢様を育てているに違いない――そういう美談への期待もあっただろう。

注目の的になっていると知ってか知らずか、リラ嬢は一粒で屋敷が買えるような宝飾品の数々を身につけ、最高級の絹を使った華美なドレスを着て、舞踏会場に足を踏み入れた。倹約家のルヴァンシュ伯爵も姪の社交界デビューには奮発したのか。そういう見方もあるかもしれない。

だが彼女は皇族にしか許されない、禁色である紫のドレスを着ていたのだ。

真っ青になったルヴァンシュ伯爵が皇帝夫妻に床に頭をこすりつけるようにして、詫びにきた。皇帝のクロードは簡単に許すわけにはいかない。育て方を間違ったのかと冷たく嫌みを飛ばし、それを皇后のアイリーンが取りなす。わかりやすい役割分担でその場を取りなそうとしたが、そこにまたリラ嬢本人が爆弾を落とした。

「皇帝に見初められれば皇族よ。だから紫のドレスにしたの。何か問題があるの？　とっておきの香水もつけてきたわ。さあ、遠慮せずこちらにどうぞ、皇帝陛下」

もはや取り繕いようのない姪の失態に、穏やかだというルヴァンシュ伯爵もおそろしい剣幕でリラを舞踏会場から引きずり出した。

騒然とした会場だったが、そこはアイリーンが機転をきかせ、「可愛い子に言い寄られて皇帝陛下も悪い気分ではないでしょう」とすねてみせ、クロードがそれをなだめる――という形でおさめたようだ。

その日、ウォルトとカイルは非番で、クロードの護衛についていたのはベルゼビュートとエレファスだった。故にすべて伝聞だ。

だがリラ嬢の異常な羽振りのよさと傲慢な態度は、世間知らずや悪目立ちという話ではすまされなかった。ひたすら頭をさげるルヴァンシュ伯爵に同情が集まる一方、魔香売買の疑惑が再浮上したのだ。

そうでなくとも、両親の疑惑がある。疑われるのは自然な流れだろう。両親が事故死したとき、ひとり残されたリラ嬢はまだ十歳だった。だが、今は十六歳。両親からのつながりがあれば、魔香の売買人と接触するには十分な年齢だ。

しかも本人曰く『とっておきの香水』である。

確かに甘い香水をリラ嬢は身につけていたらしい。だが、あまりに香りが薄すぎるので、クロードはもちろんベルゼビュートも魔香だとは断定できなかったようだ。ということは魔香ではないのだろうが、あやしまれて当然である。

（ただ言い方がわざとらしすぎるんだよな。現場見てないからなんとも言えないけど）

同じ違和感をクロード達も抱いたのだろう。慎重に調べることにしたらしい。

だが姪の悪評に焦ったのか、社交界デビューしたばかりなのにルヴァンシュ伯爵が莫大な持参金を提示してリラ嬢の結婚を急ぎだした。数撃ちゃ当たるとばかりの勢いで、ロンバール伯爵家の三男坊であるアイザックに見合い話が持ちこまれたのだ。

アイザックはレイチェルとの結婚を互いの実家に反対され、駆け落ちまがいの結婚を選択した。そのため結婚が公にされておらず、ロンバール伯爵家にも見合いが持ちこまれ、ロンバール伯爵家もそれを受けたらしい。

ロンバール伯爵家の面の皮もすごいが、勝手に見合い話が進んでいると知ったアイザックもこの話を自ら持ちこんでクロードに恩を売りにきたのだから、いい勝負である。アイザックは皇帝に恩を売り、実家の面目を半壊程度に潰して、レイチェルとの結婚を認めさせる。あるいは二度と手を出さないよう牽制するつもりなのだろう。自作自演の鞭と飴作戦だ。

つまり、アイザックはルヴァンシュ伯爵家が黒だろうが白だろうが、自分の名前を調査に貸した時点で見合い話は皇帝がうまく片づけてくれるので、何ひとつ損はしない。

そういう経緯で、クロードが見合い話を使った調査に乗り出した。そして白羽の矢が立ったのがウォルトという流れである。

（なんか腹立ってきたな。せっかくだし、すげー浮名流してやろうかな。レイチェルちゃんと不仲になるくらい）

クロードが自分を選んだのもそういう意図がある気がする。うんそうしよう、などと思っていたら、応接間の扉がやっと開いた。

同じ伯爵家同士、だがロンバール家は最近爵位を買った成り上がり。かたやルヴァンシュ家は古くから続く名門だが、前伯爵夫妻に魔香売買の疑惑があり、すねに傷がある家だ。

互いに対等だとするか、上からくるか。リラお嬢様は果たして噂どおりの鼻持ちならないご令嬢なのか、それともまさかのカイルが夢見た妖精か。

ちらと見た時計は、指定の時間を既に十五分すぎていた。妖精なら遅れてしまうのはしかたない。皮肉っぽい感想を抱きながら、ウォルトは出迎えに立ちあがった。

謝罪のひとつもなく部屋に入ってきたのは、ふわふわした金色の髪に線の細い顔立ちをした美少女だ。確かにぱっと見の可憐さが、妖精っぽい。

だが、翡翠のような瞳はきりりとして印象深い。触り心地のよさそうなドレスの色は眉をひそめてしまうような妖艶な赤。胸元から裾に向かって薄くなっていき、裾部分が白くなっている。並大抵の職人では染色できないだろう。袖口の細かい黒のレースの意匠も、華やかで美しい。夜会でもないのに豪華な装いだ。特に胸元に輝く大きなダイヤのブローチは、わかりやすく羽振りのよさを物語っていた。

（けど……なんか、ちぐはぐだな。金をかけただけっていうか）

威嚇のつもりか、化粧がやたらと濃い。それこそ妖精らしく可憐なお嬢様のほうが似合いそうなのに、完全に方向性を間違っている気がする。しかも、こちらを検分する目力が強い。それでいて十六歳らしい幼さの残る顔立ちをしているものだから、評価がしにくい。

（気合いが入りまくっておかしくなった田舎のお嬢さん、みたいな？）

だが、たとえ化粧がはげてもこの目力は本物だろう。

これで妖精はない。やはり、初心な相棒の審美眼はまったく信用できないようだ。

内心で肩をすくめたウォルトは、伯爵家三男らしく、先に礼をする。相手は一応、名門伯爵家の一人娘だ。

「初めまして、リラ嬢。アイザック・ロンバールです。この度はお招きいただき」

「招いた覚えなんてないわ。時間がすぎている時点で、招かざる客だということは察することができるでしょ。間抜けな男ね。十五分も遅れたのよ？　十五分」

わかりやすい上からの嘲笑だが、時間をきっちり把握しているあたり律儀だ。しかもなぜ自慢げに繰り返すのか。

（十五分の遅刻って、まあそりゃ失礼だけどね？）

失礼だとわかっているあたりをどう評価すべきか。反応を決めかねるウォルトの前で、少女はまくしたてるように、つんと顎を上げて続ける。

「私、成り上がりの貴族なんかと結婚する気はないの。だって私はルヴァンシュ伯爵家本家の娘なのよ。皇帝陛下に嫁ぐことだって夢ではない立場で、うだつのあがらない三男坊なんかと結婚するなんてごめんだわ」

「……社交界デビューした舞踏会ではずいぶんご活躍だったと聞いてますよ」

それとなくさぐりと嫌みをまぜてみたが、なぜかふふんと挑発気味に笑い返された。

「そうよ？　なのにお見合いなんて叔父様が勝手に決めて困っているの。私から断ったという形でかまわないから、帰ってちょうだい。迷惑だわ。あなただってそのほうがいいでしょ。高望みせず、あなたにお似合いの女の子をさがすことをおすすめするわ」

しっしと手で犬を追い払うような仕草をされるが、ウォルトのほうは仕事だ。そうですかとは引けない。

「それは……困りましたね」

「えっ」

なぜそこで驚く。それは本人も気づいたらしい。焦ったように言い足す。

「で、でででも、あなたは皇后陛下の覚えめでたいんでしょう？　私が断っても、そちらの傷にはならないはずよね？」

「いえ。そうではなく、私の……俺の、気持ちが」

少女が、ぱちぱちとまばたいた。そうするとやはりあどけなく見える。

(見た目も頭もお花畑で、腹芸が下手。つまり——ただの馬鹿な子どもだ)

そして、何か隠している。にっこりとウォルトは優雅に、大人びた笑みを浮かべた。

「信じてもらえないでしょうが、今、一目見てあなただと思いました。帰れなどとおっしゃらず、せめて俺に機会をいただけませんか」

クロードが身近にいると自分は平凡だと思うが、これでも容貌に自信はある。甘ったるい微笑を向けられて、喜ばない女はいない。

魔王の妻だとか、そういう例外を除いて。

「え……えっ⁉　なっに、を」

案の定、真っ赤になったリラが口をぱくぱくさせたあと、行き場を失った視線をうろうろさせ出す。

「じょ、冗談はやめてちょうだい。そ、そんな、わた、私に都合のいい話があるわけないでしょう！」

「都合がいい？」

「い、いいえ！　なんでもな——そ、そう。言ったでしょう。わ、私は成り上がりの、伯爵家の三男坊なんかと結婚する気はないって。だって釣り合わないもの！」

目が泳ぎまくっている。本音だろうとなんだろうと、動揺しているのが丸わかりだ。いっそ微笑ましくて、大袈裟にウォルトも演技が続けられる。

「確かに、同じ伯爵家でもあなたのほうが格上です。だから俺もあなたと同じ理由で、このお話を断ろうと思っていました」

「……そ、そうよね？　そうよね、普通そうよ。でなきゃどうかしてる」

「そう、どうかしてしまったんでしょう。今はそんなことを考えていたことが信じられない」

「な、何⁉　何が言いたいの⁉」

ここで望む言葉を言ってはいけない。

穏やかな笑みを浮かべたウォルトは、胸に手を当て、少しだけ身をかがめて、警戒と期待を全身で表す素直な少女に願う。

「お願いします。せめて、俺にこの気持ちを確かめる時間を与えてください、レディ」

少女は何かを言おうとして、真っ赤になって黙ってしまった。

にらまれても、これで詰みだ。

次に会う日時をさっさと取り付けて、また今度というひとことを有無を言わせず押しつけ、少女が目を白黒させている間にウォルトは立ち去ることに成功した。紳士らしく、その手の甲に挨拶のキスを落とすのは忘れずに。

（まぁ、こんなもんでしょ）

見送りの使用人に帽子にステッキを渡された。紳士の装いは窮屈だ。

外へ出て、屋敷を振り返る。古いが手入れの行き届いた屋敷だった。装飾品や絨毯も整えられていたし、使用人の格好もきちんとしていた。名家の派手さはまったくないが、ぎりぎり貴族の体面は保てている。今の伯爵が立て直した、というのは本当なのだろう。

そこへあの派手な格好をした、派手に頭の弱そうなお嬢様だ。

屋敷から感じる堅実さと、あのお嬢様の派手さには、確かに齟齬がある。加えて伯爵は質素倹約で有名なのだ。人々が十六歳の小娘相手に噂を立ててしまうのは当然だろう。

「名家なのに質素倹約な暮らしやうるさい叔父様にうんざりして、悪いことに手を出しちゃったかな」

年若い少女にありがちな反抗期だろうか。だが魔香に手を出したとなると笑えない。

いずれにせよ、派手な暮らしを手に入れた少女が次に望むとすればいい男だ。自慢のアクセサリーになるような――でも一方で、あの年齢なら甘い恋も捨てがたいだろう。

甘い夢を見る少女に夢を売るのは、得意分野だ。あの調子で攻めていけば、いずれ自分に『誰にも言えない秘密を告白』してくれるだろう。

少し甘い顔をみせただけだ。簡単だな、と嘲りまじりの苦笑いが浮かぶ。

そもそも魔香なんてものに手を出すお嬢様が、そう賢いわけがない。例外がいることは否定しないが、あくまで例外なのだ。

――以前とは違うということを自覚しないと、いずれ境界線がわからなくなるぞ。

ふっと相棒の警告が蘇ったが、なんの罪悪感も持てない自分には、いらぬ心配だ。むしろあのどこからどう見ても普通な少女を妖精だとか勘違いした相棒の目のほうが心配である。

（あーあ、あとはどうやってカイルの目をさまさせるかねー……）

そちらのほうが悩ましいなと思いながら、ウォルトはぐるんとステッキを回した。

見合いの翌日、やっぱりお見合いはお断りしますとリラから、ぜひこのまま姪との見合いを進めたいとルヴァンシュ伯爵から、それぞれ手紙が届いた。

姪と叔父で言っていることが正反対である。

「ってことで俺は叔父様の手紙を採用して、リラ嬢とおつきあいしようと思いまーす」

執務室でふたりきりになった隙を狙って報告したウォルトに、クロードが嘆息した。

「肝心の本人には断られているが……どんな感触なんだ？」

「そうですね。何かあるとは思います。証拠がつかめないんでしょう？　反抗期でのぼせたお嬢さんの悪さにしては、できがよすぎる結果だ。あと本人も演技が下手なわりに、何かちぐはぐっていうか……」

「そうか。お前も同じ印象か」

クロードのつぶやきに、ウォルトはああと声をあげた。

「クロード様、舞踏会で口説かれたんでしたっけ。何か覚えてないんです？」

「いちいち僕が覚えていると思うか？」

堂々と言い放つ主に、一瞬だけ青筋が浮かびそうになった。

「アイリちゃん以外、詳細を認識しないのはどうかと思いますよ……それともいちいち覚えてられないっていう自慢ですかね？　うっわ、むかつく」

「そうじゃない。ドレスがおかしいとアイリーンが言っていて」

「そりゃ皇帝主催の舞踏会で禁色の紫を着てきたら確実に頭がおかしいでしょ」

「そうではなく。肌が露出していない、と」

　ウォルトは件の舞踏界に出ていない。だが、見合い当日の姿は思い浮かべられる。

(ああ、そういえば……派手な色と飾りだったけどきっちり着込んでた、かな？)

　高価そうなドレスだな、という羽振りのよさに目が向いて気づかなかった。

「……寒かった……とかではないですよね？」

「最近は夜でもそこそこ暖かくなってきたし、舞踏会は室内だった」

　確かに、とウォルトは頷く。

「禁色のドレスで派手に着飾って、しかも皇帝にいきなり秋波を送ってくる。それだけ自分の容貌に自信があるわりには、胸元だけでなく腕もすべてレースで覆われたドレスなのはおかしいと、アイリーンが」

「……。そのレースだって相当お高いんでしょう。見せびらかしでは？」

「ドレスは女を美しく見せる武器、しかも皇帝を口説きにきたなら、自分を美しく見せることを最優先に作るはずだと言うんだ。実際、ドレスのデザインにアイリーンも感心していた。しかも……僕の好みは肌を見せるほうだと知れ渡っているとかで……」

　遠い目で言葉をにごしたクロードの気持ちはうっすら察することはできたが、同情はできない。アイリーンの装いを見れば一発でわかることだ。自業自得である。

「体形に自信がないならわかるが、そういったこともなかったと言うんだ」

「ああ、どっちかっていうと意外といいほうな気はします」

「あえて脱がす楽しみを思い起こさせるような大人の女性なら、あんなに態度が直球ではないと言っていた。逆にアイリーンと真逆の慎ましやかなタイプで僕の気を引こうとしたのであれば、色はともかくドレスの形は合う。だが今度は態度が合わない。つまり僕の妻いわく、外見と中身の印象が一致しないそうだ」

「はあ、なるほど。俺も化粧があってないなーくらいは思いましたが、そこまでは……」

意外な女性視点の分析に感心しながら、ふと背筋が寒くなる。

「……女の人っていちいちそこまで考えてドレス着てるんですか……？」

「怖くなるからやめてくれ。レイチェルやあのセレナとかいう女官も加わって分析した結果だ。そもそも僕好みにしあげるなら、とか……僕はそのままのアイリーンでいいんだが」

「いやそれは嘘ですよね」

「僕の好みを反映してくれるのがそのままのアイリーンじゃないか」

ぬけぬけとのろけられても、鼻白むだけだ。

「話はわかりました。ちょっと注意してみます……考えすぎじゃなければ、何か理由があるのかもしれません。実は結婚したくなくて非常識に振る舞った、とか」

「本物の世間知らずで考えが及んでおらず、ただ目立ちたかっただけという可能性も十分にあるが。まぁお前なら見誤ることはないだろう。まかせる」

「おっ嬉しいこと言ってくれますね、クロード様。じゃあお願いがあるんですけど、もうちょっとしたらデート先にちょっと協力してくれません？」

組んだ両手を頬の横に当てておねだりの姿勢をみせたウォルトに、クロードが呆れた顔で応じる。

「またろくでもない悪巧みか？」

「そのための俺でしょ。赤子も平気で屠って、可愛い反抗期の女の子にハニートラップしかける人間兵器ですよ」

「何を言う。こんなに情の深い人間兵器がいるか」

意外な返答についい言葉をつまらせたウォルトに、クロードがルヴァンシュ伯爵とリラ嬢の手紙を返す。

「調べに必要なら用意する。キースに頼んでおけば、僕の予定に入るはずだ」

「……わっかりましたー頑張ります。そっちも何かつかめたら教えてくださいね」

「ああ……それが、実は難航している。カイルがあの状態だろう」

背もたれに深く腰かけ直して、クロードが大きく肩を落とす。別の問題に、ウォルトは頬をかいた。

「まだ妖精がとか言ってるんですか、あの馬鹿」

「言っている。うかつにルヴァンシュ伯爵の名前を出せない。怖い」

「舞踏会の話はしたんですか？」

カイルは生真面目だ。主に礼のなっていない令嬢を受け入れるとは思えない。

「それとなく伝えたんだが、それは妖精とは別人でしょうとあっさり切り捨てられた……」

現実のほうを受け入れなかったらしい。恋は盲目とはこのことだ。さすがにウォルトは毒づく。

「あんの馬鹿……あーもう、なら妖精をさがさせて現実を突きつけてやりましょうよ」

「その結果、お前とかちあって修羅場ったらどうするんだ」

あり得る。つい想像してしまって、ウォルトは天井を仰いだ。

「もちろん、カイルの言うとおり、妖精とやらは偶然リラ嬢のハンカチを持っていただけで、リラ嬢とは別人だという可能性はある。だがはっきりさせようにも、カイル自身がさがす気がないらしくてな」

「はぁ？　現実拒否ってさがす気もないんですか、あのヘタレ野郎」

「妖精は人間界にはそう現れないそうだ」

しんとした沈黙の間に、クロードが執務机の上で両手を組んで微笑んだ。

「しかも魔の側に属す自分には彼女の羽の光もまぶしすぎるとか言われて、僕はまだまだだなと」

「張り合わないでくださいよ!?」

「あと少し悲しくなってしまって。僕のそばにいるせいでカイルは妖精と会えないと思っているのか、と……」

「いや、そもそも妖精なんぞいませんから。クロード様まで変な方向いかないでください」

「カイルが妖精がいると言うんだ。いるだろう。つまり、僕の妖精はアイリーン……ひょっとして魔王の僕は妻に会う資格がないのでは？」

「結婚してもう一年以上たってるくせに何たわごと言ってるんですか。これ以上話をややこしくしないでください！」

「外まで聞こえているぞ。何をそんなに騒いでるんだ、ウォルト」

あげそうになった悲鳴を口をふさいで抑え、ウォルトは振り向く。

「カイル……びっくりさせるなよ、ノックは」

「したが応じなかったのはお前だ。クロード様、そろそろ会議の時間です」

「あぁ、そんな時間か。少し待ってくれ、これをすませてから行く」

羽根ペンを取って執務机に向かったクロードに頷き、カイルがウォルトの横にやってきた。

「例の件の報告か？」

「まぁ、そんなところ。あとお願いも」

「クロード様に手間をかけさせるなよ」

むっとしたウォルトはカイルを冷たくにらむ。

「そういうお前こそ、妖精だなんだのぼせあがって仕事おろそかにするんじゃないよ」

「俺は妖精を貶めるような愚かな真似はしない」

きりっとした顔で言われてしまった。だがちょっと引いてしまう自分は悪くない。聞き耳を立てていたのだろうクロードだって、疲れ切ったような溜め息を吐いているではないか。

「いっそ妖精に気を取られて僕への監視の目がゆるめばいいものを、お前は……」

「何かおっしゃいましたかクロード様。俺は万が一にもまた満月の夜に妖精に出会える奇跡が許される日まで、まっとうに生きるしかないのです」

「うわーめんどくさい方向にいったなお前！」

「何がめんどくさいだ。俺にはまた会える日を夢見て祈ることしかできないだけだ……」

「そうだな。僕もアイリーンと満月の夜に出かける日を夢見て祈ることしかできな」

「なら俺と一緒に善行に励みましょう、クロード様。まずは仕事です」

羽根ペンを置いて祈ろうとしたクロードを容赦なくカイルが引っ立てていく。頬を引きつらせてウォルトはそれを見送った。

（やめとこ。妖精がどうこうあいつに言うの）

仕事に悪影響は出ていないようだが、変に張り切られて周囲がとばっちりをくらうやつだ。ただでさえ真面目なカイルの厳しい目は、主に背負ってもらおう――魔王なのだから。

ルヴァンシュ伯爵とリラ嬢、両方に返事を出した。前者にはもちろんこのまま婚約に向けて見合いを続行したい旨、後者には諦めたくない想いを綴り、両方にデートの日時を一方的に指定しておいた。「くるまで待っています」というやつである。

かつて十時間待ったという誰かさんの作戦——本人は本当にただ信じて待っていただけだろうが——は大変有効なのだ。相手の罪悪感や優越感につけこむ、という意味で。

（まず、ほだされてもらおうかね）

だがデートの待ち合わせ時刻に、待ち合わせ場所の公園に現れたのは、ハンカチで汗をふいているルヴァンシュ伯爵のほうだった。

「申し訳ない、今、屋敷で支度をさせていますので……！　お怒りを鎮めていただきたく！」

「ああ、いえ。もともと、私が勝手に待っているだけですので」

叔父のほうにもデートの日時を書いておいたのは、リラ嬢を引っ張ってきてくれるかもしれないという期待があったが、まさか叔父自身がすっ飛んでくるとは思わなかった。嘆息まじりにルヴァンシュ伯爵がさげていた頭をあげる。

「甘やかしすぎたせいか、物の道理のわかっておらん子で……こんな有り難い縁談はないと何度も言い聞かせたのですが。まさか当日になって部屋にたてこもるとは」

「皇帝陛下にくらべたら私が見劣りしてしまうのは、しかたありませんよ」

「お恥ずかしい限りです。あれには本当に、まいりました。見合い話も、顔合わせだけでもとお願いしても、片っ端からお断りされる有様で……私も肩身が狭いです」

皇帝夫妻に非礼を働けば当然の展開だ。

「心労、お察しします。ですが、私にとっては有り難い話ですよ。焦らず口説く時間がある、た。

「そう言って頂けて助かります」

大袈裟なまでにルヴァンシュ伯爵は胸をなで下ろしてみせてから、にこにことウォルトを見た。

「家の者が連れて参りますので、もう少しだけお待ちください」

「……。そんなに嫌がっておられるならば、また日を改めてもかまいませんよ。もともとこちらが一方的に持ちかけた話ですし」

確かにきてもらったほうが仕事は進むのだが、引きずってこられたら余計に心象が悪くなるかもしれない。

だがルヴァンシュ伯爵は大きく目を見開いて、首を横に振った。

「いえいえ、そこで甘やかしてはなりませんよ！　姪が悪いのです。それに、あなたのような色男に見初められたのです。喜ばない娘などおりませんよ」

「それは……光栄ですね」

「きつくお説教をしましたから、姪も反省しております。おとなしくやってきますよ。それで今晩、姪が戻ってこずとも私は怒りませんよ」

ルヴァンシュ伯爵が笑う。ウォルトも追従しようとして、頬が引きつった。

冗談だろう、わかっている。だが、舌打ちしたくなった。

（ミスったかな。ルヴァンシュ伯爵は少し口出ししてくれる程度でよかったんだが……まさか

ここまで熱心だとは）

リラ嬢から何も聞き出せないうちに、叔父のほうに暴走されても厄介だ。

「送り狼にはなりませんよ。リラ嬢とは誠実なおつきあいをしたいので」

牽制は伝わったのだろう。ルヴァンシュ伯爵が慌てた顔になった。

「せかすつもりはないのです。が、またあの姪がやらかしたらと思うと、ついつい気がせいてしまい……」

「ご心配なのですね」

「ええ。お恥ずかしながら、この年ですが私にも結婚の予定がありまして」

初耳の情報だ。

「それは……おめでとうございます。ですがその場合、爵位は……？」

「ああ、ご心配なさらず。もちろん、リラを嫁に出してからの話。しばらくは私が補佐をすることになるでしょうが、あくまで爵位はリラの花婿にありますので」

「あ、いえ。そういうことを気にしたわけでは」

立て直した家の爵位は自分のものにしようと思ったりしないのだろうか。つい不審な目を向けるウォルトに、ルヴァンシュ伯爵は首を振る。

「こういうことはきっちりさせておかねばなりません。あとでもめるもとです。どうか私を信用していただけませんか」

「もちろん、頼りにしています。ルヴァンシュ伯爵は公明正大な方だと有名ですし」

事実、魔香売買の疑惑が持ちあがってもルヴァンシュ伯爵は「ないだろう」というのが周囲の評価だ。

「はは、光栄です。ですが私もあなたを頼りたいのですよ。実は姪には最近、妙な男がつきまとっているようでそれをどうしたものかと思っておりまして……」

教会の人間だろうか。いずれにしても魔香の関係者の可能性が高い。

「どういった連中ですか」

食いついたウォルトに、はっとルヴァンシュ伯爵が手を横に振った。

「いいえ、はっきりした確証はありません。リラは普段は屋敷から一歩も出しておりません。ただ、屋敷をうろつく輩がいると使用人から報告があがっていまして……それがどうも……」

「リラ嬢と関わりがありそうだと？」

「ええ。……ですがもし、姪が何かおかしなことを言ったり妙な動きをしたら、まず私にご相談いただけませんか。家の存続に関わることです」

声をひそめてルヴァンシュ伯爵が言う。姪を案じている表情に、ウォルトは頷き返した。

「わかりました。リラ嬢は無邪気なお嬢さんです。皇帝夫妻の不興を買ったことで、妙な連中に目をつけられたのかもしれませんね」

「ええ、ええ、そうです。年頃の娘ですし、人前に出さなかったせいか、本当に世間知らずで夢見がちなものですから——ああ、きたようだ」

広めの通路に、ルヴァンシュ伯爵家の紋章が入った馬車が停まった。ルヴァンシュ伯爵はにっこりと笑う。

「いると機嫌を損ねるでしょうから、こっそり退散しておきます」

「……年頃の姪御さんは大変ですね」

「いやいや。では宜しくお願いしますね」

馬車とは別方向にそそくさと去っていくルヴァンシュ伯爵は、いい叔父なのだろう。そうとしか見えない。

（けど、なんかちょこちょこ引っかかるというか。姪は邪魔だろうになんでそんな親切にできるんだって思っちゃうからなーひねくれすぎだな、俺）

頬をかいてその場で待っていると、リラ嬢がやっと馬車から出てくるのが見えた。そういえば彼女の格好は、と注意を向けて気づく。

一週間ぶりに会った彼女は、膨らんだ袖口が可愛い半袖のワンピースドレスを身にまとっていた。

気が抜けたというか、なんというか。

（まあ、アイリちゃんたちの勘がはずれることもあるか。そもそもドレスが場違いだったわけだし、センスがないだけなのかもな）

たまたまなのだろう。考えすぎなら考えすぎで、別にいい。

女性が肌を隠さなければならない理由なんて、大抵ろくなものではないのだ。

「きてくださって有り難うございます、リラ嬢」

「何言ってるの、無理矢理つれてこられたのよ……！」

日傘をさしたリラが悔しそうにしている。これはしかたないだろう。ちょっとウォルトもまずかったかな、と思っている。

「すみませんでした。ルヴァンシュ伯爵に叱られてませんか」

びっくりしたように顔をあげたリラのあどけなさに、何気なく尋ねただけのつもりだったウォルトも驚いてしまう。

「あ、いえ。私がルヴァンシュ伯爵にも知らせてしまったので、その結果、無理強いされたなら、申し訳ないと……」

「……」

「その。今度からはあなたにだけ連絡します。ルヴァンシュ伯爵に怒られないように」

元気なリラが黙っていると、妙な焦りがこみあげてくる。

（まずいな。だいぶこっぴどく怒られたのか？）

足元に視線を落としてから、やっとリラが口を動かした。

「……。そういう、ものなのかしら」

「はい？」

「なんでも報告するものではないの？」

「……。ルヴァンシュ伯爵に、ですか？」

リラは反応しなかったが、否定もしない。なら、答えは明白だろう。

何より、これはチャンスだとウォルトの勘が言っている。だからことさら優しく、だが決してうさんくさくはならないように言った。

「俺はあなたに求婚しているわけですから、あなたの味方ですよ。何かあれば、なんでも打ち明けてくださって――」

「……今日の服は、どう？」

「は？」

思いがけない方向の質問に、いい雰囲気を作ろうとしていたウォルトの舌が止まる。リラがものすごい目でにらみながら、怒鳴った。

「今日の服はどうかって聞いてるの！」

「似合ってます。可愛いですよ」

ろくに見ずに答えた。女好きなら呼吸のようにできる応答、つまりほぼ反射である。

だがリラは、みるみる頬を赤くそめて、それを隠すように日傘に入ってしまった。

「そ、そう」

「……」

「な、何よ。言いたいことがあるなら言えば!?」

自分で引っこんだくせに自分から出てきた。だがまだ顔が赤いままだ。

つい、真顔になった。

「可愛いですね」

「そ、それはさっき聞いたわ。でも大した服じゃないのよ、あなた案外見る目がないのね」

「いえ、服ではなくあなたの反応が」

ぼんっと頭から見事に湯気を出し、リラがあとずさる。

「ば、馬鹿にしてるでしょう！　何もわからない、世間知らずだと思って。そんなことはないのだわよ⁉」

「……その、無茶はなさらないほうが……」

口調からもう動揺しているではないか。つい憐れみの目を向けると、これまたいい反応が返ってきた。

「わ、私だって、やればできるの！」

「何が？」

「公園を一周するくらいよ！」

涙目で堂々と宣言されたあたりで、限界がきた。

口を押さえて笑いを必死で噛み殺すウォルトに、リラがますます怒り出す。

「何⁉　それともあなたに行き先の希望があるの⁉　聞くだけならいいわよ！」

「い、いえ……十分、おもしろ、いえ、歩くだけで満足です」

「勝手にすれば⁉」

負け惜しみまで完璧である。ふんと踵を返して公園内の小道を歩き始めたリラに、口元を押さえたままウォルトも続いた。

（は、反応が素直すぎる……！　なんかここまでまっとうな反応、久しぶりだな）

妙に夢見てうっとりされるのは優越感を満たしてくれるし、互いの意図を勘繰り合うのは刺激的だし、どれもそれだけの楽しみがある。

だがほめたら照れる、からかったら怒る、それだけの普通のやり取りはある意味新鮮だ。

「機嫌を損ねたなら謝りますよ」

「少しも悪いと思ってないくせに謝らないで！」

それはそうだな、とウォルトは苦笑した。

（悪い子じゃないんだろうな。だからって許されるわけじゃないけど）

自分だって同じだ。悪いことをしている人間だから、騙してもいいなんて話ではない。

そんなことを考えたからか、つい、本音が出た。

「ごめん」

リラがぴたりと足を止めて、振り向いた。

「でも、俺は味方ですよ、リラ嬢」

堂々とした嘘つきを、まっすぐな目が見ている。だが、ウォルトは目をそらさなかった。

それが仕事だからだ。

「……。敬語はやめて」

「……と、言うと」

「さっきのが素なんでしょう」

ほんの少し、瞠目した。ついウォルトが漏らした謝罪が素だと、ちゃんとこの子は嗅ぎ取ったらしい。勘のいい子だ。

「あと、リラ嬢っていうのもやめて。なんだか馬鹿にされてる気分になるから」

「……と、言われても」

「リラでいいわよ。有り難く思えば？」

さばさばした言い方は傲慢にも、さっぱりしているようにも聞こえた。苦笑して、ウォルトはそれに応じる。

「なら、お言葉に甘えて、リラ。公園一周以外にも、買い物につきあってほしいんだけど」

「買い物？　どこに」

「オベロン商会に」

ウォルトは今、アイザック・ロンバールだ。まずそこに疑いを抱かれないよう先手を打ってしまおう。それには小さな仕込みの積み重ねが大事だ。

そして皇后が発案しアイザック・ロンバールが会長を務めるオベロン商会は、庶民から貴族まで幅広い年齢層の女性の憧れの店だ。アイザック・ロンバールが本気で女性を口説くのであれば連れて行って当然の店。

（現実は全然違ってたけどねえ。あーレイチェルちゃんかわいそー。いやでもレイチェルちゃ

んにとっちゃあれはアイリちゃんとアイザックの店かぁ。うわあ複雑)

だがそのあたりとはまったく関係ないリラは、普通のご令嬢らしく頰を赤くしてそわそわし出した。

「オ、オベロン商会に……何を？」

「デートがうまくいった証拠があったほうが、ルヴァンシュ伯爵に怒られないよね」

「だ、だからおとなしくついていきて、受け取れってわけ」

頭の回転も悪くないと、ウォルトは彼女の評価を訂正する。

(まあそうか。打てば響くような反応って、反射神経がいいってことだもんな)

頭の反射のよさは浅はかさと紙一重だ。悪く転べば禁色のドレスを着るし、いいように転べば本質をついてくる。

ウォルトは偽っている身だ。あまりなめてかからないほうがいいかもしれないと、気合いを入れ直す。

「ついてきてくれるよね？」

「ってことでー、開発前とかのレアそうな化粧品ちょうだい」

「本人がいるところに予告もなく堂々と押しかけてきて図々しくそう言えるのって、教会の教えなのか？　それとも魔王様の方針？」

「両方」

二本指を立てておどけて見せると、オベロン商会本店の最上階、会長室で仕事をしていたアイザックが書類を置いて嘆息した。

「皇帝夫妻にこの案件持ちこんだのはそっちでしょ。協力は当然じゃない？」

「だからっていきなり見合い相手連れてくるか？　バレたらどうするんだよ」

「アイザック・ロンバールが皇后陛下から正式にオベロン商会の会長の座を委譲されたのは最近だ。実際、アイザックの顔を知らない従業員も多いだろ？　だから『隠れての視察が見破られないよう、客としてふるまって』と頼んでおけば問題なし。あの年頃の子はそういうの好きだしね」

頬杖をついたアイザックが苦い顔で続ける。

「……。調子にのって、ツケとかでうちの店の商品買われたら？」

「それは必要経費でしょ。さっきも言ったけどこっちに案件持ちかけたのそっち」

「いずれケリがついたとき、こじれて俺に会わせろって店に乗りこんでこられたら？」

「うわーアイザック浮気してたんだってーレイチェルちゃん可哀想って慰めるかな。あとは早く離婚しろってセレナちゃんが叫ぶくらい？」

アイザックは眉をかすかにあげる。ウォルトは両手をあげて、おどけた。

「俺だってこんなことしたくないけど、仕事だしね」

「へえ。従業員にまかせてひとりにしとくのは愚行じゃねーの？」

「意地っ張りな子だからね。俺の婚約者だって名乗れば特別扱いしてくれるよ、って言っておいた。もちろんそんなことするわけないでしょって返ってきたよ。ああいう子はなかなか自分で言い出したことを反故にできないから当分安全」

「全部誘導済みかよ……タチ悪い」

呆れ顔は称賛だと思っておこう。実際、アイザックは机の引き出しから鍵の束を取り出し、立ちあがって部屋の隅にある金庫へと向かった。

有り難くそれを眺めながら、愚痴めいた話を続ける。

「むしろ俺は、アイザック・ロンバールの婚約者だ！って彼女に暴れてほしいくらいなんだけどねえ。そうなれば話が早いから」

「警戒されてるのか？　意外と大したことないんだな、魔王の護衛の色男ぶりも」

「頭は悪くないよ、あの子。腹芸は下手みたいだけど」

ウォルトの評価に、金庫をあさっているアイザックが作業の手を止めた。

「聞いてた話だと、とてもそうは思えねーけど」

「アイザックは例の舞踏会いたんだっけ？」

「いるわけねーだろ。その辺で顔合わせてる危険があったら、そもそも名前貸して調査とかできないだろーが。――あーやっぱり大半が古城のほうだな。口紅の試作品くらいしかない」

「発売前の新商品ならそれで十分」

金庫を閉めたアイザックが、手にした二本の口紅を見せる。

「色が違うんだけど、どっち持ってくんだ」

「お前がなんで結婚できたのか謎」

「はあ?」

顔をしかめるアイザックの手から、ひょいと二本とも口紅を取りあげた。

「こういうのは両方持ってって、口紅塗ってあげて、見比べて、どっちがいいかちゃんと考える。彼女が身につけたもの全部が似合うなんて怠慢な回答が許されるのは、顔ですべてが許される魔王様だけでーす」

「……」

「でもこのまんまだと高級感ないな。なんか特別っぽそうに見えるのない?」

「客に見せる用のトレーがあるけど……」

「あーそれだと大袈裟。恋人っぽい雰囲気を作るには、こそっと隅っこでやるみたいなのがいいんだよ。……ああ、このハンカチ貸してくれる?」

オベロン商会で高級品を出す際に使っているのだろう、光沢のある絹のハンカチを目ざとく見つけたウォルトに、アイザックは肩をすくめる。

「どーぞお好きに」

「じゃあもらってく。お邪魔しましたー。あ、他にもなんか買うかもしれないけどお代は俺の主宛で」

「お前、女に刺されても文句言えないよな」

ひらひら手を振って出て行こうとしたウォルトは足を止めて、呆れ顔のアイザックに振り返り、にっこり笑った。

「アイザックこそ、仕事に夢中で奥さんに愛想尽かされても文句言えな」

「うるせーな出てけ！」

こっそり店の隅に呼び出して人差し指を唇の前に立てて、内緒だと言いながら発売前の新商品を見せる。その作戦はうまくいったようだった。

予定どおりでなかったとすれば、つけてあげようと顎を持ちあげようとしたらものすごい勢いで逃げられたことだろうか。まあ、そこは想定内といえば想定内である。

だが、リラがまず、まじまじと口紅を観察することから始めたのは意外だった。

「どっちも綺麗な色ね……こっちはパールの入ったピンクで可愛いけど上品。妖精みたい」

妖精、という単語につい顔をしかめる。だがリラは気づかない。

「もうひとつはこれ……ピンクも入ってるけど、オレンジ？　本当の新色じゃない……これを量産するなんて……初めて見たわ」

「つけてみたら？」

「何言ってるの。試供品ってことは数が少ないんでしょう。試し塗りなんてもったいないじゃない。いったい何の材料を使って出してるのかしら……客層はどこを狙って……」

リラの目は真剣だ。

（すぐに飛びつかないんだ）

意外なような、そうでもないような。店の一角にある休憩所のソファに並んで座りながら、ウォルトは話しかける。

「でも、つけてみないとどっちが似合うか選べないよ」

「オレンジよ。普段使いに便利そうだし、ちょっとピンクは私には可愛すぎると思うの。何より新色よ、ためしてみたいわ」

ウォルトが口を出す前に、自分で決断してしまった。どっちが似合うとか聞くタイプではないのだろう。好き嫌いがはっきりしているのだ。

「でも、本当にいいの？　試作品って言っても、企業秘密でしょう」

「発売前ってだけだから」

本当に持ち出しできないようなものならアイザックは渡さないだろうし、あんな金庫に入っているはずがない。古城のほうで魔物に守らせるはずだ。

納得したらしいリラは口紅のふたを閉じて、つぶやいた。

「本当にあなた、アイザック・ロンバールなのね」

「はっ？　え、なんか疑われるようなことあった？」

まさか疑われていたのか。ここでくるとは思わず、つい驚いて尋ね返してしまったが、それが逆に自然だったのだろう。リラは気に留めずに言う。

「だって皇后陛下の覚えめでたいんでしょう。なのに歴史はあるとはいえ、家名をほしがってうちの見合いを受けるかしらって」

「あ……ああ、でも、それは……いや最初はそういう打算とかはあったけど、今は……」

「べっ別にそれだけよ!? あなたとつきあうつもりなんてないから勘違いしないで!」

焦りと敬語をやめたせいか、甘い口説き文句が出てくるよりも、リラの警戒のほうが早かった。

「いい。勘違いしないで。これも叔父様を黙らせるために必要で受け取るだけだから」

「……心得てます」

「何、その言い方」

「いえいえ。いくら試作品でも、プレゼントなんだから包んでもらうよ」

ウォルトはアイザック・ロンバールではないが、オベロン商会で顔パスの関係者なのは本当だ。従業員にこっそり名前を告げれば包装くらいはしてくれる。

「そうね。変に叔父様に勘繰られても嫌だし……」

「こっちの色ね。じゃあここで待ってて」

「――あっ、待って!」

口紅を持ってカウンターに向かおうとしたウォルトの腕を、リラがつかんだ。振り向いたウォルトの前で、残ったもう一本の口紅を取る。

「……やっぱり、こっちにして」

ピンクの口紅を差し出すリラに、ウォルトはオレンジの口紅を持ったまま眉をひそめた。

「でもさっき、こっちがいいって」

「そ、そうよ。でも……そう、こっちも使えるなって！」

「普段使いにこっちが使えそうって言ってなかった？」

「あ、新しいドレスができるのを思い出したの。それにはピンクのほうが合うのよ、定番の色だし。あ、新しい色は似合わないかもしれないじゃない」

もっともらしい理由は口にしているが、まばたきの回数でなんとか帳尻を合わせようとしているのが丸わかりだった。

「だから、かえてちょうだい。そっちのほうがいい」

だが、突然の心変わりの理由はさっぱり見当がつかない。

決意は固いようだ。そしてそれ以上、心変わりの理由などないと言わんばかりに口を閉ざしてしまう。

「じゃあこうしよう。ふたつともプレゼント」

嘆息したウォルトにうつむいた彼女は、自分の態度がどう見えるかもわかっている。

「えっ？」

顔をあげたリラに、ウォルトはにっこり笑った。

「それでいいよね？」

「あ、あの、でも……」

「もともとはそのつもりだったからね。ただ君が選んじゃったし、いらないものを押しつける気はなかっただけで。包んでもらってくるよ」

リラの手からもう一本の口紅を取ると、引き止めるリラの手が離（はな）れた。

もごもごと「あり……ありが……」とか言っているのは聞こえないふりをして、カウンターへ向かう。

ただの気まぐれ、わがままだろうか。だがそう断じるには違和感（いわかん）があった。

(本当にわがままなら、最初から選ばずに両方ほしがる)

だが、ウォルトが言い出すまで両方という選択肢（せんたくし）にも気づかなかったようだった。あきらかに彼女はさっき、何かと天秤（てんびん）にかけて、自分の欲しい新色を投げだそうとした。

「……自分に似合わない色をわざわざ選ぶ理由、ねえ」

似合わない化粧（けしょう）でもするつもりだろうか。なんのために――決まっている、別人に化けるためだ。

たとえば、妖精みたいな女性に。

(……考えすぎだな。女は化粧で変わるといえど、妖精に見えるとかないわー。ドレスアップしたアイリちゃんでさえなかったわ)

男装したアイリーンだって女性だと見破っていた自分だ。女が見違（みちが）えるような一瞬（いっしゅん）なんて、そうそうお目にかかれない。それこそ、カイルのように目が節穴でなければ。

口紅を包装してもらい、ついでに新商品だというチョコも一緒（いっしょ）に上品な紙袋（かみぶくろ）にまとめてもらい、休憩所に振り返ってまばたく。リラの姿がない。

だが、周囲に視線を走らせればすぐに見つかった。

「ありがとう、お嬢さん」

「気になさらないで。お店のひとは接客や案内で手一杯のようだから」

大きな荷物を抱えた老紳士のために店の扉を開けて、外の階段をおりる手伝いまでしている。

（……まっとうにいい子だな、マジで）

それ以外の感想が出てこないが、ここで見ているだけは駄目だろう。急ぎ足で店の外に出たウォルトは、階段をおりたところで老紳士に声をかける。

「お帰りは馬車ですか？」

「あっあなたもう戻って――」

「馬車をつかまえますので、それまで荷物を持ってますよ。あと、大通りのほうが馬車がつかまりやすいので少し移動しましょう」

「じゃあ、それまで荷物を持ってますよ。おかまいなく」

重くはないがかさばる荷物をひょいと持つと、リラが何か言いたげにしたが、老紳士を優先させることにしたのだろう。老紳士に手をかしながら黙ってついてきた。

すぐに馬車はつかまり、馬車に老紳士と大きな荷物を入れて見送ったあと、ウォルトは何気なくつぶやく。

「君、いい子だよね」

「な、なんなの。言いたいことがあるなら先に——あっ」

リラが声をあげた視線の先、頭上を見たウォルトは、ああと状況を認識した。

降ってくるのは水、建物の上の住人が花瓶の水か何かを下をよく確認せずに捨てたらしい。

殺気はない、ただの事故だ。ほんの少し石畳を蹴れば、それでよけられる。よける先には障害物はない。そこまでの判断を常人よりはるかにゆっくり、だが的確に判断して、石畳を蹴ろうとしたそのとき、どんっと胸を押されてよろけた。

（へ）

ばっしゃあんと派手な音と一緒に、ウォルトを突き飛ばしたリラが頭から水をかぶった。

「だい……っだい、じょうぶ？」

ウォルトをかばってずぶ濡れになったリラが、先に尋ねた。

（……は……反射神経よすぎだな、この子。咄嗟に動いたのか）

ぽかんとしていたからか、まず真っ先にわいた感想がそれだった。次に、違うことを思った。

（咄嗟に、助けたのか。——俺を？）

「ねえ、ちょっと大丈夫かって聞いてるんだけど」

「あ、ああ」

一歩よろけたウォルトは、水しぶきが少しかかっただけだ。頷き返すと、リラは濡れた長い髪を両手でうしろに流し、ぶるぶる首を横に振って、顔をあげた。

きらきらと水滴が日の光に反射して、リラの淡い金色の髪や、よく見ると長い睫や、まろやかな頬や、ふっくらと笑う唇の形を彩っていく。

「そう、よかった」

——女が見違える瞬間なんて、そうそうないはずだ。

気づいたらウォルトは背後の煉瓦壁に額を打ち付けていた。

「ちょっ何してるの⁉」

「ちょっと視覚に異常が出たかと」

「水をかぶったのは私なのに、なんであなたがおかしくなるの」

それではっと気づいた。ここはずぶ濡れになった彼女にまずハンカチを貸して、それから。

「赤くなってる。濡れてるからちょうどいいわ」

先にハンカチを出したリラに背伸びして額に当てられ、自慢げに微笑まれて、今度こそウォルトは言葉をなくす。

やっと頭上から「すみません」と謝罪の声が降ってきたが、答えることはできなかった。


別件の仕事で忙しいはずの相棒が、あろうことか主の執務室の隅にある長椅子に突っ伏していた。執務室にクロードの忘れ物を取りにきたカイルは、眉間にしわをよせる。

(さぼりか)

わざと長椅子のところまで足音を立てて近づき、今度は別の意味で眉をよせた。

「……どうしたんだ？」

ぐったりと長椅子に投げ出した腕も足も、体全体に覇気がない。

「俺を殺してくれ……」

しかもわけのわからない答えが返ってきた。さすがにただのさぼりではないことはわかったので、両腕を組んで改めて尋ねる。

「なんだ、どうした。何かミスでもしたのか」

「……。お前さ。妖精に会ったたって言ってたじゃん？」

まばたいたあと、少し頬を染めて頷く。

「ああ。月夜の庭だった。今思えば、彼女はお菓子の妖精だったのかもしれない……」

「それはどうでもいい。そうじゃなくて、いつ、そう思った」

「最初からだが」

「何がきっかけで惚れたかって聞いてんだよ！」

「なっ！　お、俺はそんな、ふしだらな気持ちでいるつもりは——！」

あまりに俗な言いようにカイルは言葉を詰まらせてしまう。だがカイルの頬の熱さに反するように、ウォルトの眼差しは冷たくなっていった。

「お前、散々寝ぼけたこと言っておいてふざけんなよ」

「ふざけてなどいない！　俺は彼女をそういった目で見ているのではなく、ただ彼女に幸多くあることを願いたいだけで」

「あーそういう夢と幻想は十代で卒業しろ馬鹿が！　そうじゃなくて、あっただろ。何か、お前が妖精だなんて見間違えた瞬間が」

「見間違いなどでは」

「うるせー俺は今、気が立ってんだ、よ！」

さっきまでぐったりしていたくせに妙に機敏な動きで、ウォルトが背後を取り、首に腕を回して絞め上げてきた。

「ちょ、おま、本気か……！」

「いいから聞いてることに答えろ！　決定打はなんだった！」

「決定……決定打、など、な……」

最初から彼女は――と考えて、あがっていく息の間に思い出す。

「――っ怪我、を、して」

ウォルトの腕の力がゆるんだ。とりあえず思い出すがままに、答えを続ける。

「……硝子で手を切った。かすり傷だ。あっという間に治ったんだが……それを見た彼女は、気味悪がったりせずに、それでも、手当てしたほうがいいだろうと……あの、ハンカチをまいてくれて……」

ほんのり胸があたたかくなっていく。それとは対照的に、ウォルトは再び頽れ、長椅子に上半身を投げ出した。

「……なるほど……なるほどな……ははは……そっかぁ……そういうのに弱いわけね、そうだよなぁまず他人からまともに扱ってもらえない人生だったもんな、俺らって……単純すぎて死にたい……！」

お互い性格的に相容れないところや理解しがたいところはあるとはいえ、さすがに奇っ怪に思えるウォルトの態度に、カイルも心配になってきた。

「どうしたんだ、お前。おかしいぞ」

「ほっといてくれ……ああもうやだ……お前と同じってのがもう死ぬ……でも俺はまだ可能性だからな！　妖精までいってないからな！」

「な、なんなんだ」

ウォルトの剣幕に引いてから、ふとカイルはある可能性に気づく。今、ウォルトが手がけているのは、リラ・ルヴァンシュ伯爵令嬢の魔香売買疑惑の解明だ。カイルが出会った妖精が持っていたハンカチに刺繍されていた、名前の少女だ。

「リラ嬢と何かあったのか？」

「ないよありませんあってたまるかないんだよ」

息継ぎをせずに言われた。聞くな、ということだろう。嘆息して、カイルは長椅子の端に腰かける。

「別に言いたくなければ言わずともいい。クロード様からの箝口令もあるしな」

「……。妖精の容姿は？」

また質問か、と思ったが、声が弱々しかったので無駄に拒絶する気にはならなかった。

「――綿飴のようなふわふわの、淡い金色の長髪」

「目は緑？　深い色の」

「だったな。宝石のようだった。――それがどうかしたか」

「お前の妖精さんが、リラ嬢か否かについて興味ないのか？」

「クロード様に対する非礼の件なら俺も聞いたが、そんなことをするとは思えない。儚くて消えてしまいそうだった。別人だと思う」

「……今はお前の目が節穴じゃないと思いたい……」

ウォルトはうつ伏せていた顔をあげて、今度は床に足を投げ出して座り、長椅子を背もたれ代わりにして天井をあおいだ。長椅子に座っているカイルはそれを見おろしながら、尋ねる。

「大丈夫か。……かわってやろうか」

「はー？　お前にこの手の仕事はてんで駄目だろうに、朴念仁」

「お前にだって向いてない。情をかたむけすぎる」

ウォルトはとても繊細だ。仕事だとしても、その相手が望むような振る舞いを見抜いてやってのけるのは、その繊細さがあってこそだと思う。

相手が手を差し伸べてほしいときは手を。慰めを求めているときは慰めを。それは本心ではなく計算だと罵る輩がいたら、カイルは殴ってやりたい。お前はできるのか、わかるのかと。

そこまで相手に情をかたむけて、自分を殺すことができるのかと。

「お前、なんか俺を誤解してない？」

「そんなことはない。名もなき司祭の時代からお前はそうだった」

次々死んでいく仲間の姿に心を痛め、逃げないかと自分に声をかけ、カイル自身がわかっていなかった望みを叶えてやろうとするほどに。

(……だから言ったんだ。いずれわからなくなるぞ、と)

仕事でやっているのか、本気でやっているのか。その境界線を見失って、ウォルトは踏みこんでしまう。ミイラ取りがミイラになる、というやつだ。

「さっきの話だが、俺は本当に、彼女とどうこうは考えていないんだ」

「正気か？　さがす気ないって聞いたけど、マジで自覚ないのかよ」

「自覚はある。愛とか恋とかいうものだろう」

「真顔で言うと面白いな。はい続きどうぞー」

「真面目に聞け。……これはお前もそうだと思うんだが、そんな体験をできただけで十分だと思わないか、俺達が」

ウォルトの目線が、天井からこちらへ向かう。

「……そういう考え方、俺はあんまり好きじゃないけどね。まあ、わかるよ」

本来ならばとっくに死んでいてもおかしくない自分達がこうやって生きて、仲間に恵まれて、普通の人間みたいに生活して。そこに恋まで加わったのなら、それだけで十分すぎるほどの贅沢なのだ。

だから自分もウォルトも、その贅沢を前に、まず躊躇する。

「お前、ちゃんとさがせば？　妖精ちゃん」

そのくせ、自分と似た相棒が躊躇していると背中を押したくなるのだ。

「また会えたら、名前を聞く」

「なんでそう受動的なんだよ……白黒はっきりさせたほうがすっきりするだろ」

「お前が言えた義理か。……お前が今、どういう悩みを抱えているかはわからないが、クロード様も俺も、他にもお前の味方は大勢いる。昔とは違う。偽るのがつらいようなことになったら、きちんと言え。昔とは違う、というのはそういう意味だ」

ぽかんとしたあと、ウォルトが口端を持ち上げた。

「そこまで落ちぶれるつもりはないよ。仕事だ」

「お前の腕や矜持を侮っているわけじゃない。でも、もしそれが理屈で割り切れないものなら、そういうことだと俺は思う」

「いやだーかーらー」

「俺達はアイリをわりきれた」

アイリーンが魔王の婚約者だと知ったとき、皆に衝撃とともに大なり小なり走った胸の痛みは、同じ類いの感情だろうとカイルは分析している。

でも面白いくらい同じように、全員がわりきれた。

いずれ魔王の妻になる女だと言われて、手の届かぬ高嶺の花だと納得し、そのまま魔王を愛する強く気高い貴女であれと願い、支え、祝福すらできた。

それを恋だとは、きっと言わない。憧憬だ。

「だからアイリと同じようにわりきれないのなら、腹をくくるべきだ」

立ちあがったカイルは、忘れ物だという書類を執務机から取り、そこにはさまっていたものに気づいて振り向く。

ウォルトは再度、長椅子に突っ伏していた。

「歌劇場での護衛予定はどうするんだ。お前がキース様に頼んで予定を組み込んだんだろう」

「あー……それ、衝撃のあまり誘いそこねました……保留で」

「早くしろ。皇帝夫妻のオペラ観劇だ。お前がいないなら警備態勢が変わる」

お小言を残してカイルは執務室の扉に手をかけて――一応、声をかけた。

「もし妖精にまた会えたら、俺も報告する」

きっと見間違いだ。見違える瞬間なんて、見間違いだ。

(そう、妖精と見間違うくらいの目の節穴っぷりとか、俺に限ってないない。ちゃんと冷静に見極めましょう、はいお仕事お仕事!)

頬をぱんぱんと叩いて、ルヴァンシュ伯爵邸を遠目に見上げる。約束もなく訪問するのは、不意打ちでの反応から何か情報を引き出したいからで、決して驚いた顔が見たいとか会いたいとかではない。ぐるりと屋敷の周囲を見て回ったのも、リラ嬢につきまとっているという男が見つかれば魔香売買の情報を得られるかもしれないと思っただけで、断じて身に降りかかる危険を案じているわけではない——いや、今ここでリラに何かあったら困るのも本当だけれど、それは魔香売買疑惑の調査中だからで、

「オイ、人間」

「あーうるさい、そういうんじゃないから！」

ウォルトの叫びにびくっと白いカラスが宙に浮いたまま止まった。しまったとウォルトは慌てて取り繕う。

「ごめん、シュガー。ちょっと考え事してて」

「……」

「君に怒ったんじゃないから。ああ、ええとほら、飴」

昔、人間に囚われて飛べなくなったことがある白いカラスの魔物は、普段の不遜な態度とは真反対に中身が繊細だ。ぶるぶる震えている。と思ったら、立派な前脚で蹴り飛ばされた。

「ウルサイトハ何ダ、コノ下僕！」

「あ、ごめ、すみません、あの飴、ほら苺味もあるし」

そのままウォルトをげしげし足蹴にしていたシュガーは、かっと目を見開いた。

「ソノヨウナ物デハ、足リヌ！」

「シュ、シュガークッキーを買って帰るから！」

ふんと鼻を鳴らして、ウォルトの肩にシュガーが翼をたたんで降りた。

「有り難うございます……」

「許ス」

言われるがままに差し出すと、白いカラスは飴をくちばしでとった。機嫌を直してくれたことにほっとする。何せ魔王空軍の副隊長様だ。機嫌を損ねたままにしたら、どれだけ面倒なことになるかわからない。

「飴」

「はい」

魔王側の人間であるウォルトは、魔物より基本、立場が弱いのである。多分、自分のほうが強いのだが、そういうことになっている。ちなみにウォルトと同じ立場である魔王の魔道士は
「え？　俺達ってただのクズですよね？」とさわやかに言ってのけてくださった。

（ぶっちゃけ魔王側で強い人間ってなあ。ゼームスは半魔だし……あ、キース様か）

純粋な人間で、おそらく魔王側の人間の中で誰よりも弱いだろうに、魔物より、いや魔王より強い。

「オイ、苺味」

「あ、はいはい。……あー待って、その前に報告。どうだった？　怪しい奴とかいた？」

ついそのまま与えそうになった苺味の飴を遠ざけ、ウォルトが問いただすと、シュガーが答えた。

「オ前ダ」

「うっわあ心にくるご指摘をどうも……」

落ち込むウォルトの手から器用に苺味の飴を取りあげ、ばりばり音を立てて食べてから、シュガーが付け加える。

「主人、出カケタ。使用人、庭ノ掃除シタ。娘、発見ナラズ」

「ルヴァンシュ伯爵は外出中、あとは使用人が庭の掃除をしたりしてるだけ。姿の見えないリラ嬢は屋敷にいるだろうってことね。そうだ、出入りの業者とかは？」

ぐるっと丸い目を動かして、シュガーが考えた。

「大キナ鞄ノ、黒服ノ男。二人、一緒ニ訪問」

「それってルヴァンシュ伯爵が外出したあと？」

こくり、と頷いてシュガーが付け足す。

「スグ、帰ッタ」

「出迎えと見送りは誰だったかわかる？」

「使用人」

なら屋敷に出入りしているただの業者だろうか。

シュガーがウォルトの懐をまさぐろうとしながら続ける。

「アレハ、悪ノ手先ダ。部下、追跡中」

「えっマジで優秀すぎる」

「我ヲナント心得ル！」

「あ、魔王空軍副隊長青い蝶ネクタイのシュガー様です！」

「ワカッテイルナラ、ヨイ」

大仰に頷いたシュガーに、お礼をかねて懐からまた飴を出して渡す。その場で食べる気はないのか、前脚でそれをつかんだシュガーが翼を広げて、羽ばたいた。

「励ムガヨイ」

「どーも、頑張ります」

「何カアレバ、我ヲ呼ベ」

頼もしいひとことだ。飛び去るシュガーを見送り、襟を正して、ウォルトは屋敷の正面玄関へと向かい、呼び鈴を鳴らした。

(悩んでないで、早く片づけちまおう)

リラ嬢との見合いからまだ十日程度しかたっていないが、ウォルト・リザニスとして接触しているならまだしもアイザックの名前を使っている。長引けば、それだけ危険も増す。

とりあえず『リラに一目惚れして多少強引にでも口説こうとする求婚者』という像は、見合いと強引なデートの二回で相手の中にできあがったはずだ。約束もなく会いにきたと言っても決して不自然には見えない。

だから大丈夫——落ち着け、心臓。むしろ鳴る方が不自然、いや自然、どっちだ。

心拍数と混乱が上昇しかけたそのとき、扉が開いた。思わず姿勢を正す。出てきたのは使用人だった。見合いのときも見たな、と心の片隅で確認しつつ、リラに会いたい旨を告げる。大丈夫、ちょっと舌を噛みそうになったが、これも自然な緊張だ。自然な緊張ってなんだ。

「リラお嬢様は、体調を崩されておりまして」

「へっ……」

思わぬ回答に、内心の動揺が全部飛んで、間抜けな声をあげてしまった。

「水をかぶられたとか」

「あ……あー……」

納得してから、我に返る。

「わ、悪いんですか。具合は」

「大したことはございません。軽い風邪です。念のため、大事をとってお休みになっているだけですので……少々お待ち頂ければ、お嬢様に聞いてまいりますが」

「い、いいえ。押しかけたのはこちらですので、無理にとは」

当然の展開だとわかりつつ、どこか意気消沈して視線が落ちる。

「何か言づてなどあれば、お伝えしますが」

「ああ、なら……」

落ちた視線の先にある、オペラの観劇チケットを持ちあげようとして、首を横に振った。

察して受け取る体勢になっていた使用人が怪訝な顔をする。

「いえ、リラ嬢本人に渡したいので」

オペラの観劇は明後日だ。軽い風邪だとしても、ルヴァンシュ伯爵の知るところとなれば無理矢理連れてこられるかもしれない。それはよくないだろう。

仕事としても、私情としても。

「ですが」

「またきます」

頭をさげ、踵を返すと、困った顔をしたまま使用人は扉を閉めた。

(あー……こうなるとシュガーの追跡してるほうに期待、かあ)

なんだろうと仕事はこなす。もうここは、逃げ出したい居場所ではないのだから。

それを証明せんと気合いを入れ直してきたのに、肩透かしだ。自然と歩調に力がなくなり、のろのろした足取りになったそのときだった。

「待って！」

か細い声にまばたいてから、振り返ると、玄関から薄着の女性が飛び出してきた。

リラだ。予感だけで簡単に跳ねあがった心臓で、向き直る。

ふわふわした淡い金の髪、日の当たり具合で色味が変わる不思議な翡翠の瞳。寝間着にショールを羽織っただけの格好で駆けてくる少女の姿に表面を取り繕わねばと考える前に、不意に鼓動が静まった。

(……あれ？　なんか……普通だな？　いや、それでいいんだけど)

嬉しそうな微笑みは、自分に向けられている。その造形はあの水滴の中で見たものとそっくり同じなのに、きらきらしていないというか——見違えるほどの何かは、ない。

それだけでどっと疲れた。

（やっぱり見間違いだったってオチかよ！　なんだよ悩んで損した！）

思わず額に手を当ててしゃがみこみそうになるのを、どうにかこらえた。

今は仕事中、ターゲットの前だ。リラだって怪訝な顔をしている。

「ど、どうしたの」

「いや、ちょっと……会えるとは思えなかったから、夢かと……」

実際、夢見るような気分でいた。だが今は冷静になれる。改めて正面から見た彼女はもう輝いていない。

目の錯覚か、あのとき飛び散った水の魔法か。そう思えばもう、いくらでも言葉は出てくる。

「君の笑顔が最近、まぶしくて」

赤くなって怒り出すかと思ったリラは、頬をふくらませて唇を尖らせた。その仕草のせいで、柔らかそうな唇に目がいく。

急いで支度したのだろう。彼女は口紅だけをつけていた。

可愛らしい、妖精のようだと彼女が評した、似合わないはずのピンクの口紅を。

（なんだよ、似合って――）

「調子のいいことばっかり言って」

「――誰だ」

反射で尋ねていた。言ってから、自分で自分の口をふさいだくらいだ。リラも驚いた顔で自分を見返している。

「あ、いや……ごめん。そんな顔を君がするとは思わなくて、可愛くて、見違え、て……」

言い訳するウォルトをじっと見ていた少女が、唇の両端を持ちあげて、笑った。

「あなたこそ、だぁれ？」

息を呑んだウォルトにだけ聞こえる小さな声で、少女が尋ねる。

「アイザック・ロンバール様が、こんな色男だったなんて」

「……き、み」

唇の前に人差し指を立てられた。儚くて柔らかい笑みが、ウォルトの喉元まであがった言葉を洗い流してしまう。

「有り難うございます。チケットは、渡しておきますね」

声色は同じなのに、口調が変わった。

ウォルトが上着のポケットに突っこんだままだった観劇チケットを、リラそっくりの顔をした少女が取りあげる。ウォルトはなすがままになっていた。刃向かおうと思わなかった。

「あの子を助けてくださる？」

まるで魔法にかかったように、ぎこちなく、ウォルトは頷き返した。

本当に嬉しそうに少女が微笑む。

妖精のように儚く。

「よかった。お願いね」

「――ひとつだけ！」

踵を返してかけ出そうとした少女が、振り向いた。喉の奥に唾を押しこんで、ウォルトは質問を続ける。

「月夜の庭で、お菓子の妖精になったことは？」

少女が瞠目したのを、ウォルトは見逃さなかった。

だがまばたきより早く、その動揺も、瞳の中の光も、彼女の中から消えてしまう。

「忘れました」

歌うように微笑んで告げた彼女は、軽やかな足取りで、ウォルトとの間を隔てる屋敷の扉の向こうへと消えた。

（……どういう……どういう、ことだ。これ）

やっと息を吐き出したウォルトはよろめきかけて、ふと上着のポケットに重みが増していることに気づく。

チケットが入っていた場所だ。おそるおそる手を突っこんだ先に、小瓶が当たった。息を呑んだウォルトは、急いで足を動かしてできるだけ屋敷から離れる。

どくどくと心臓が脈打つのは、ときめきなどではない。ただただ、嫌な予感がした。

適当な路地裏に入り、深呼吸してからポケットの中身を引っ張り出す。

思わず顔がゆがんだ。一目でわかった。

決して気化しないよう、厳重に蓋をされた特別な小瓶。

その中で揺れている見覚えのある液体は。

「魔香……」

それは、彼女が魔香売買に関わっている決定的な証拠でもあった。

記憶を確かめるために飛びこんだ資料保管庫では、エレファスが調べ物をしていた。

「ちょうどいい、手伝え！」

「はっ？　俺にも仕事があるんですけど、議事録の確認っていうめんどくさいやつが」

「それより緊急の用件だよ、いいから手伝え！　六年前の、ルヴァンシュ伯爵夫妻の事故死の記録！」

「ああ、それならここに」

軽くエレファスが指を動かしただけで、棚の奥にあった木箱がふわふわ浮いてこちらへやってきた。魔法は便利だ。

「教会側の資料は？」

「それも入ってますよ。クロード様の命令で、俺がお取り寄せしましたので。って言っても埋葬したって資料しかないですが」

やっぱりか。

舌打ちしたウォルトは箱を乱雑にひっくり返して目当てのものをさがす。エレファスがしかめ面になっているが、かまっていられない。

(事故で夫妻と一緒に死んだ、娘の資料……あった！)

ヴィオラ・ルヴァンシュ。それが前伯爵と一緒に事故死した少女の名前だ。事故現場の状況、そんなものはどうでもいい。大事なのは生年月日だ。ヴィオラ・ルヴァンシュの簡単な経歴の中に、それはあった。

そこにある生年月日と、リラ・ルヴァンシュの生年月日を並べる。

「──双子……」

そうではないかと思ったことが確信になり、ウォルトは長く息を吐き出す。同じものを見たエレファスが言った。

「へえ。双子の姉妹だったんですか」

「教会の埋葬資料はこれだよな」

「ええ。ルヴァンシュ伯爵夫妻と姉のヴィオラ嬢は土葬ではなく火葬したので、わざわざ記録を作ってたみたいです」

つまり姉のヴィオラは死んだことになっている。少なくとも、社会的に生きてはいない。

「……あながち間違いじゃなかったってことか、妖精……」

「え……ウォルトさんも妖精が見えるように……？」

カイルの妖精語りを知っているらしく、エレファスがやや引いた。その首元をつかんで、引きよせる。

「次はアイザックのとこだ、どこにいるかわかんないしさがすの面倒だから転移」

「いやだから俺、仕事中なんですけど」

「でなきゃ週末、お前が帰れないようにするぞ！　いいのか、美人の嫁さんに会えなくて！」

「なんなんですか⁉」

怒鳴り返しながらも、エレファスは転移してくれた。羨ましいを通りこして、もはや妬ましさを覚えるあの色っぽい奥さんのもとへ帰りたいのだろう。

あとは気にしてくれているのだろう、とも思っている。なんだかんだ魔王の魔道士は人の機微に聡いし、情報収集を怠らない。

ぱっと出た場所には見覚えがあった。オベロン商会の魔物支部の会議室――すなわち、古城だ。

楕円のテーブルについていたオベロン商会の面々が、顔をそろってあげる。

「な、なんだあ？　魔道士の兄さんに護衛の片割れって、こりゃまた珍しい組み合わせで」

「あーエレファスさんにウォルトさんだ。こんにちは！」

「何事ですか、ノックどころじゃなく転移なんて」

「すみません、会議中に。ちょっとウォルトさんが急用みたいで」

「アイザック！　ルヴァンシュ伯爵やその家族と面識ないって、間違いないのか⁉」

床に着地するなり詰め寄ったウォルトに、アイザックが眉をひそめて答える。

「俺の記憶ではそうだけど、なんかあったのか？」

「リラ嬢がアイザック・ロンバールの顔を知ってる素振りだったから、確かめにきた」

ウォルトがアイザック・ロンバールを名乗って魔香の調査に乗り出していることだけは、オベロン商会の面々にも伝わっているはずだ。下手な質問をはさまず、皆、黙っていてくれている。

「いや、リラ嬢じゃないかもしれないんだけど……妖精？」

「妖精」

「最近流行ってるんですか、妖精？」

カイルのことを聞いているのだろう、アイザックには真顔で、ドニには興味津々に返される。

「いやカイルのとは違ってだな、ああもう……ええと」

「とりあえず、落ち着いて座ったらどうです？　エレファスさんも」

リュックがそう促すと、無口なクォーツが立ちあがってお茶を淹れてくれた。ドニが椅子を持ってきてくれる。

ありがたく座ったウォルトは、クォーツがくれたお茶を飲んでからこれまでを説明した。

「つまりリラ・ルヴァンシュ伯爵令嬢には事故で死んだ双子の姉がいて、生きてるかもしれないとウォルトさんは疑ってるってことですね。そっちがカイルさんの妖精で、アイザック・ロンバールとして見合いをしているリラ嬢と入れ替わっている可能性があると？」

エレファスのまとめに、ウォルトは頷き、持ったままの小瓶を差し出す。

「で、妖精のほうから魔香の原液らしきものを渡された。これ。まず間違いないと思うけど」

「確かに、それっぽいですね」

まずそれを手に取ったリュックが、クォーツに小瓶を回す。

「……調べよう」

「頼む。……それで、アイザック」

「俺に覚えはねーよ。ルヴァンシュ伯爵ならまだしも、令嬢のほうは入れ替わってるにしろなんにしろ機会がないだろ。俺自身、夜会は年に一、二回出ればいいほうで、ルヴァンシュ伯爵令嬢はこないだの社交界デビューまでずっと屋敷に引きこもってたんだから」

「オベロン商会とルヴァンシュ伯爵も特に取り引きないからなぁ……裏は取ったぜ」

頭をかきながらジャスパーも補足する。リュックが両腕を組んで考えこんだ。

「一番手っ取り早いのは墓暴きですけど、火葬じゃそれもできないですしね」

「……。そもそも、墓に『ない』を証明するのは難しいだろう」

「あ、シュガーだ！」

ぱっと立ちあがったドニが窓際に駆けていく。ウォルトが顔をあげると、開いた窓からシュガーが入ってきた。

「オイ、下僕！　サガサセル、ナンタル無礼！」

「あ、ああごめん。シュガー」

「売人、追跡、完了デアル！」

テーブルの上に乗ったシュガーが胸を張った。

「売ッテイタ、アヤシイ小瓶！」

「……なんの話です？」

エレファスの問いに、ウォルトは遅れて答える。

「シュガーは、ルヴァンシュ伯爵の屋敷に出入りした怪しい男の追跡をしてたんだよ。ルヴァンシュ伯爵から姪に変な男がつきまとってるって聞いたから、ルヴァンシュ伯爵不在のときにきた連中を」

「……大当たりってわけですね」

エレファスの結論に言葉を返せなかった。そんなウォルトを見上げて、シュガーがふんぞり返る。

「我ヲ讃エヨ！　魔王様ニ刃向カウ者ハ、逃ガサヌ！」

「……」

「……。ドウシタ、下僕？」

丸い目に小首をかしげられて、はっとウォルトは我に返った。

「い、いや。ありがとう、助かった……」

「何ガ不満ダ」

じいっと自分を見つめるシュガーの問いに、答えられない。

そこへジャスパーが声をあげた。

「あー、じゃあ魔香売買はあるとして。一応、前ルヴァンシュ伯爵の事故の記録から洗い直してみるか？　あとアイザック坊ちゃんとリラお嬢ちゃんだか妖精だかがいつ接触したかも、再確認する」

「そんなややこしいことしなくていいだろ。問題を複雑にすんなって」

椅子の背もたれに片腕を乗せて、アイザックがウォルトをまっすぐ見た。

「話は単純だ。双子の姉が生きてようがなんだろうが、リラ・ルヴァンシュは確実に魔香売買に関わってる」

自分と同じ結論を断言したアイザックに、ウォルトは両目を閉じて額に拳を当てる。

ドニが首をかしげた。

「でも、双子のお姉さんと入れ替わってるかもしれないんでしょ？」

「それでもだよ。死んだ姉が生きてる妹と入れ替わるなんて、妹の協力がなきゃ絶対にできないんだ。ウォルトが見たその妖精のほうは、ルヴァンシュ伯爵の屋敷から出てきたんだから」

「あ、一緒に住んでるってことか！　勝手に誰かがやってるわけじゃない」

ぽんとドニが手を打つ。ジャスパーが眉間に指をあてた。

「入れ替わりが意図的だとしたら、互いの行動は把握してるはずだ。でなきゃ入れ替わりなんてすぐに露見する。ならどうして、姉を死んだことにまでして入れ替わりを続けているかって言ったら……」

「魔香売買のためですよね、普通に考えると。彼女は両親の事故死の際、幼いという理由で売買疑惑からはずされたわけですし、それを利用した、と。両親の事故死の頃からつながりがあったと考えれば不自然じゃないでしょう」

　机に置き直した小瓶を見てリュックがそう言った。ドニが両腕を組んでさっきとは反対側に首をかたむける。

「でも、当時は十歳の女の子でしょう？　そんなことできるもんですかね……」

「そう。入れ替わりが本当なら、今のルヴァンシュ伯爵も少なからず関与してる」

　声を低くしてアイザックが断言する。十歳の女の子が、死んだことになっている姉を屋敷で隠し通すなんてことができるわけがない。ルヴァンシュ伯爵はもちろん、使用人まで屋敷ぐるみで隠している可能性が出てくる。

　だが釘を刺すように、アイザックが付け加えた。

「それでもリラ・ルヴァンシュが主犯格であることは疑いようがない。入れ替わりがあってもなくてもだ。そうだろ？」

　万年筆をまっすぐ、アイザックに突きつけられた。本当はわかっているのだろうと、糾弾するように。

「そして、ルヴァンシュ伯爵の屋敷に出入りした連中が、魔香を売ってるところをシュガーが確認してきてる」

　忙しく首を動かして皆の話を聞いていたシュガーが、慌ててこくこくと頷いてから、不安そうにウォルトを見た。

「なら決まりだよ。リラって令嬢を引っ張れば芋づる式に解決。それで事件は終わりだ」

しん、と沈黙が落ちる。ウォルトは長く息を吐き出した。

(そうだよな。そうなる)

入れ替わりがあってもなくても、リラは魔香に関わっている。もし入れ替わりがなかった場合、魔香疑惑からはずれるのはルヴァンシュ伯爵だけだ。

なぜ、どうして——そう考えてしまうのは愚かだ。どんな理由でも彼女は罪人だ。

「……カイルになんて言えばいいやら、だ」

そんなつぶやきが苦笑と一緒に漏れ出た。

「まあ、そんなもんだよね」

「ウォルトさん……」

「時間とらせて悪かったよ。アイザックの言うとおりだ。入れ替わってもいなくても、結論は同じ。俺のお仕事も変わらないからね」

そう言って、立ちあがる。ひどく体は重かったけれど、深呼吸ひとつでおしまいだ。

今までだってそうやってきた。これからもそうできない理由はない。

ここへ魔香の瓶を持ってきたのも、ただはっきりさせたかったから。それだけだ。

「結婚しても相変わらず意地悪ですよねーアイザックさんって」

近くに座っていたドニが突然、そう言った。その正面にいるリュックが肩をすくめる。

「あれじゃないですか？　公開プロポーズの仕返し」

「……主犯は魔道士……」

「えっまさかここで俺のせいになるんです？」

「まあまあ。それを踏まえてってハナシだろ。なっ」

笑ってジャスパーが割って入る。アイザックが鼻白んだ。

「なっ、てなんだよ。なっ、て」

「だっておかしいじゃないですかー自分から魔香をウォルトさんに渡して、自白するなんて」

「……しかも、婚約者を名乗る偽者だと、わかっていてな」

クォーツの言葉にウォルトはまばたく。アイザックは念を押した。

「それでもその女が魔香売買に関わってる事実はかわんねーからな」

「結婚しても子どもっぽいままなんですね、アイザック様は」

「じゃあお前は結婚して大人になったのかよ、陰湿魔道士」

「はいはい、喧嘩はそこまで。まずは今のルヴァンシュ伯爵と、屋敷の周辺住民の聞き込みからだな。あと使用人も全部調査。ひとまず一日は時間もらえるとオジサン助かるなー」

「え、いやあの、でも」

ジャスパーに確認されて、初めてうろたえた。ウォルトを置いてけぼりにリュックが手をあげる。

「ではこちらはこの小瓶の中身の解析を引き受けます。ね、クォーツ」

「……何かあったときのために、治療薬も、増産しておこう」

「じゃあ僕は通常業務回しとくんで、何かあったら声かけてください。皆さん頑張ってくださいねー。ほらアイザックさんは？」

むっつりと黙りこんでいたアイザックが、嘆息と一緒に答える。

「……少なくとも、ここまでの話が全部、罠の可能性はある。あからさますぎる」

「そうですね。俺もそう思いますよ」

あっさり肯定したエレファスを、驚いて見る。

「こうなると舞踏会での奇行から疑ったほうがいいかもしれません。まるでこちらに疑ってほしくてわざとやったみたいだ」

だとしたら。

――あの子を助けてくださる？

あの言葉の意味は、ひょっとして。

「結論を出すのは早いですよ、ウォルトさん。僕たちも協力するんで、もうちょっと調べましょう！」

「……そのために、ここに、きたんだろう」

「いや俺は、別に」

「オ前、アノ娘ヲ、助ケタイノカ」

まっすぐ尋ねてきたシュガーに、ウォルトは声を詰まらせてしまった。

それが答えだった。

何か理由は、どうして――そんなことをあがくように考えてしまったのは、信じたくなかったからだ。何かないのかと、思ったからだ。

「認めたほうがいいですよ。大変なのはこれからなんですから」

ばんとエレファスが背中を叩く。詰めた息が、そこで笑いになって出た。

「そっか。……そうだな、なんかややこしい事件っぽいしな」

「それもそうですが、俺達はそれ以上の強敵がいるでしょう。忘れましたか、箝口令」

は、と笑おうとしていた空気を再度呑みこんだ。

「いや俺もね、ウォルトさんが心配でしたし、ちょっと思考の整理くらいならクロード様も見逃すだろうと思ってたんですけど……」

「ま、待て、エレファス、待とう。それって」

「お気の毒ですが、時間がないみたいです。気づかれました、密談」

「やめろそれって死刑宣告だろ！」

叫んだ瞬間を待ち構えていたように、会議室の扉が派手に開いた。手を使うことなく魔力で開かれた扉の向こうで、不穏な風をまとい微笑んでいるのは、ウォルトの主だ。

「悲しいな。僕を仲間外れにして密談なんて」

「……ク、クロード様。これは、ですね」

とりあえず言い訳をしようとしたウォルトに、血塗られた赤い瞳が妖艶に微笑む。

「何より真っ先に報告・連絡・相談すべきはこの僕じゃないのか、ウォルト？」

頑張ってくださいと小声でささやいたエレファスがちゃっかりクロード側に行こうとしたの

で、その首をつかんで絞め上げてやった。

本妻に浮気がばれた男の気持ちって、こんな感じだろうか。

「で？　僕にリラ嬢を見逃せと、お前はそう言うのか？」

「そ……そうしていただけたら、嬉しいなーって……」

「なぜ僕がそんなに心を砕かないといけないんだ？」

クロードが執務椅子に座ったまま冷ややかに尋ね返す。会議室から執務室に一瞬で連れ去られたウォルトに、逃げ場などない。執務室の出入り口にはカイルが立っているし、クロードのそばでキースがお茶の用意をしている。エレファスもシュガーを抱いて、部屋の隅で溜め息をついていた。

「お前からの話を総合すると、リラ嬢は魔香売買に関して黒だ」

「それは……はい。ですが」

「入れ替わりをしていようが何をしていようが、黒だ。なのに見逃せ？　魔香は魔物にとって危険だ。お前も、それはわかっているはずだと僕は信じていたんだが」

「わかってます！　それはわかってます、ちゃんと」

「そもそも、僕は箝口令を敷かなかったか？　命令違反したあげく、なんの根拠もなく僕に何を要求する気だ？　わきまえろ」

返す言葉もない、とはこのことである。

（だよな。初歩的なミスすぎて……クロード様の命令を、忘れたわけじゃないんだけど）

そうとられてもしかたないことはした。クロードの目がいっそう、冷ややかになる。

「なんだ。言い訳もできないのか」

「すみませ……」

「わかった、もういい。――キース。リラ嬢はお前にまかせる」

「了解しました、我が主」

ざっと血の気が引いた。

公の立場はどうであれ、キースはクロードの信任を一番得ている臣下だ。その気になれば今日中にでもリラを罪人として牢屋に叩き込めるだろう。

「カイル。お前も動けるな？」

「はい」

「カイル、お前……っ！」

ウォルトの話で、カイルは妖精の実在を感じ取ったはずだ。だがこういうところでわりきりのいい相棒は、クロードの命令を優先する。

「以上だ。ウォルトはカイルと交替。僕の護衛をしてもらう」

「待ってください、クロード様！」

「何を？」

冷たく問い返されて、喉に言葉が詰まった。クロードは部下に甘い。だが初歩的なミスをなかったことにしてくれるほど、甘くはない。

(何してんだ馬鹿、考えろ! こういうの誤魔化すのは、得意だろうが……!)

アイザックほど頭が回るわけでも、エレファスほど用意周到でもない。キースほどクロードを理解しているわけでも、カイルほど割り切って動けるわけでもない。

でも立ち回りは、一番うまいはずだ。

だからここまで生きてこられた。それを今、使えずにどうする。

「──クロード様に、不名誉なことをさせるわけにはいきません!」

執務机を叩いてそう言ったウォルトに、クロードが目を向けた。

「いいですか、リラ嬢は真っ黒です! 真っ黒すぎてあやしいんですよ。完全にこっちは誘導されてるだけじゃないですか、そのまま呑みこむなんて、まんまと魔王がのせられてるってことですよ!? それでいいんですか? いいわけないでしょう!」

「リラ嬢を捕らえればわかることでは?」

「それだと彼女にとって都合のいい話しか出てこない! それも、もし本当に入れ替わりがあるなら、どちらか一方の話になる可能性がある」

──あの子を助けてくださる?

あの言葉の意味を、きちんとさぐるべきだ。

「いいですか、ただでさえ一度しくじってるんです。彼女の両親が事故死したときに、それで終わりだと片づけたせいで、今回のことが起こってるんです。同じミスをクロード様にさせるわけにいかないでしょうが！」

「さもそれらしく言っているが、お前が彼女を捕らえたくないだけじゃないのか？　僕への忠誠心を上回る、私情で」

「何馬鹿なこと言ってるんですか、俺は本当に彼女がクロード様の敵なら──」

そこまで言って初めて気づいた。カイルがクロードの命令に抵抗しない理由がわかってしまったからだ。

「クロード様に仇なす女になんて、俺は興味ないです」

何か理由があってくれ。そう願っていた。

でも何も理由がないのであれば、ただ彼女に失望して、自分の目も節穴だったなと笑うだけだ。

まっすぐなカイルはそんな疑いも抱かない。妖精はクロードの敵ではないと思っている。そうでないなら、そもそも妖精ではないのだ。

そういう残酷さは、お互い様だ。

「俺は恩知らずですけどね。誰が俺を人間にしてくれたか忘れるほどじゃないですよ。クロード様を裏切ることだけはあり得ない」

クロードが目を細めて、ウォルトを見ている。そこから視線はそらさない。

「そんな俺が言うんです。彼女には何か理由があります。……俺はね、疑ってるんです。舞踏会の彼女のドレス。どうしてリラ嬢が、あんなことをしたのか」

「なぜ妖精ではないと？　お前は舞踏会にいなかっただろう」

「それはリラ嬢ですよ。もし妖精のほうなら、俺に魔香を渡したように、魔香をその場でぶちまければよかったはずだ。でもしなかった。おそらく魔香を持っていなかったからです。だから禁色のドレスを着て、魔香の存在をにおわせるだけにした。彼女は魔香を好きに持てる立場じゃない。そして彼女と妖精は多分、互いに目的と手段が違うんです」

ウォルトに魔香を渡した妖精は、リラを助けようとしている。

なら、舞踏会で禁色のドレスを着て奇行に走ったリラの目的は。

「クロード様に、妖精を助けてほしかったんじゃないですか」

舞踏会には皇帝陛下がいる。魔物を守るため、魔香の取り締まりにとても厳しい魔王だ。

そして皇后陛下を溺愛していると聞く。

――禁色のドレスを着て、皇后陛下に喧嘩を売るような真似をすればきっと、耳をかたむけてくれる。調べてくれる。

「何か助けがほしいなら、素直に僕に申し出ればいいのでは？」

「だからそれをできない理由があるんでしょうが！　それをわからないまま彼女を捕まえて、はいおしまい。そんな皇帝でいいんですか。俺は、助けを求めたクロード様が無能だなんて思われる結末だけはごめんです」

もう一度机を叩いて、ウォルトはクロードの目をじっと見る。

「で？　俺の言ってること、やろうとしてることの、どこがお気に召しませんか」

「……」

ふうっと長い息を吐いたクロードが、脚を組み直して椅子の背もたれに体重を預け直した。

「お前は本当に、口がうまい」

「おほめに与り光栄です」

「リラ嬢を助けたくて僕の命令を忘れて暴走しただけのくせに、そこまで言われると僕のためなのかもしれないと思ってしまうから厄介だ。――どう思う、キース」

「ミスはミスです。同じようにまかせるわけにはいきません」

クロードにお茶を出したキースが、笑顔で言い切った。ウォルトは青ざめる。

「キース様、俺は――」

「ですが、リラ嬢の見合い相手として実際に面識があるのはウォルトです。それなりに関係も築いているでしょう。ですので、調査のためにウォルトは続投。ただし私めの指揮下で、ということでいかがですか？」

「それだと現状、何も変わらない。罰を与えろとは言わないが、再発防止は？」

「大丈夫です。私めの命令を無視するほど命知らずじゃありませんよ、ウォルトさんは」

ねえ、と微笑みかけられて背筋がぴしっと伸びた。

「はい、もちろんです！　絶対大丈夫です！　なんなりと！」

「待て。僕の命令は忘れることがあってもお前の命令は忘れない？　おかしくないか？」

「あと半年減俸、休みなしで」

うぐっとウォルトは詰まったが、それだけですむなら御の字だ。無視されたクロードが眉をひそめる。

「なぜ誰も答えないんだ。僕の命令の価値について」

「さて、私めとしては――いえ、我々としては我が主の汚点になるような結末はさけねばなりません。犯人の取り逃がしはもちろん、ヤケを起こして魔香をばらまかれるのも困ります。ミーシャ学園のときのようにね」

オーギュストはセレナを見捨てた形になったのを、気に病んでいた。

誰から見てもオーギュストに責任などない。セレナの境遇に同情すべき点はあるが、それだけ。そう思っていた。でも、その気持ちが今ならわかる。

オーギュストはそれでもセレナを助けたいと思ってしまっただけだ。セレナに言わせれば、もう今更だったのだろうが。

(でも俺は、慎重だからね。助ける前に、知りたいんだ)

あのとき自分が見違えた瞬間は、本物だったのか。

「まず、シュガーさんが追跡してくれた売人をさっさと捕まえます。エレファスさん、シュガーさんと一緒に捕縛を今日中に。カイルさんとウォルトさんは、クロード様とアイリーン様の周囲に警戒を。ひょっとしたら何かくるかもしれませんからね」

「何か、とは?」

尋ね返したクロードに、ウォルトは神妙に答える。

「明後日のオペラ観劇ですね」

皇帝夫妻を前にしたリラの反応をうかがうため、ウォルトが用意した席だ。たまたま時間のあいた皇帝夫妻は、そこへ顔を出すことになっている。

「ルヴァンシュ伯爵が娘の代わりに弁明にくるのか、それとも素知らぬ顔で令嬢がさぐりにくるのかはわかりません。ですが売人が捕まった直後、皇帝夫妻もオペラにくるとわかれば様子見もかねて必ず誰かが言い訳にくるでしょう。ウォルトさんには一芝居打って、さぐりを入れてもらいますよ」

「疑われているぞと伝える役ですね」

「ええ。助けになるとかなんとか、適当に騙して情報を引き出してください。できないとは言わせません」

「もちろん、できますよ。得意分野なので」

クロードのためにリラを騙すのだ。

自分がどこの誰なのか、何をすべきなのか、胸に刻んで頷き返す。

「いかがです？　クロード様」

「まかせるが、なぜ僕の命令より効果があるのかの答えは……？」

「決まっているじゃありませんか。全員、クロード様に甘えてるからですよ。私めに甘えは一切、通じませんので」

ね、と目を向けられたウォルトだけでなく、カイルもエレファスもシュガーまでこくこくと何度も頷いている。

それを見たクロードも嬉しそうにそうかと納得したので、やはり、魔王の従者には逆らってはならない。この職場の絶対の不文律である。

エレファスと魔物達による売人捕縛がひそかに完了した翌日、今度は前触れを出してから、予定より一時間も早く、ルヴァンシュ伯爵邸を訪問した。

中に入るのは二度目だ。ひとまず玄関の広間に通されたウォルトは、帽子をはずしてぐるりと周囲を見回してみる。一度目とくらべても、変わったところはない。

だがウォルトの持っている情報量が違う。

訪問のベルを鳴らしたとき出てきた執事も、今ウォルトを応接間へ案内するメイドも、前回とすべて同じ。使用人の数は決して多くないので、珍しいことではない。

前伯爵夫妻が事故死したあと、今のルヴァンシュ伯爵が仕切るようになって、ひとりたりとも入れ替わりがない、と事情を知らないままなら、不審には思わなかった。

ジャスパー曰く、やめた人間はいない。だが、新しく入った人間もいない。経済的な立て直しの最中、新しく雇い入れがかなわないのはわかる。忠義に厚い使用人達が伯爵家を見捨てなかったという美談もありえる。

（でも六年、ひとりもってのはさすがに異常じゃないかなー）

応接間へ案内するために先を歩くメイドは、二十代後半、といったところだろうか。給金がいいわけでもないだろうに、この年齢まで結婚もせず働くなんて珍しい。

ためしに、その背中に声をかけてみた。

「リラ嬢は病み上がりでしょう。もしよかったら自室にうかがいますが」

「お嬢様はもう全快されておりますので、応接間でお会いになります」

「ああ、ならよかったです。あなたは、ここは長いほう？」

「……。十年ほどになります」

「じゃあ前伯爵夫妻のときは大変でしたね。魔香疑惑とか、色々あったでしょう」

「もう終わったことですので」

メイドは身じろぎもしなかった。それが逆に違和感をかきたてる。

「――こちらで少々お待ちを」

「ああ。案内ありがとう――っと」

応接間の扉を開いてウォルトを通したメイドが、出て行こうとした扉を片手で閉じて、閉じこめた。怪訝そうにメイドがウォルトを見上げる。

「……なんでございますか」

「君、いいにおいがするね」

能面のようだったメイドが初めて動揺を見せた。右手はメイドの腰から脚へ、左手は腕をつかんで背中へ。

(これは、ハンカチかな？　大した物は持ってない、と)

鍵があれば欲しかったが、どうやらないらしい。少々がっかりした、そのときだった。

「な、何してるの！」

縦に長い形の応接間、反対側の扉からリラの叫びが届いた。

メイドからぱっと手を離してウォルトはにこやかに振り返る。

「やあ、リラ。風邪はどう？」

真っ赤になっているリラは、ウォルトが知っているほうだ。一目でわかる――という事実にちょっと目線が泳ぎそうになったが、仕事中と言い聞かせて目を戻した。

今日は詰め襟のドレスでのご登場だ。寝間着ではない。

「風邪とかそんなことどうでもいいでしょ、さっきの何!?」

「リボンが崩れかかってたから直しただけだよ。ねえ」

脅えたように頷いたメイドが、急いで部屋を出て行く。かわりにリラが詰め寄ってきた。

「どういうことなの、説明しなさいよ！」

「さっき説明したとおりだよ？」

「説明になってないわよ、あなた私に求婚してるんでしょ！　浮気じゃないの！　最低」

「じゃあ婚約成立かな？」

おどけて尋ねると、握った拳を震わせて、リラが怒鳴り返す。

「誰が、あなたみたいな不審者と！」

「不審者か。うまいこと言うね」

返したウォルトに、リラがぎゅっと唇を結び直した。

(俺がアイザック・ロンバールじゃないって妖精から教えてもらったな、これは)

彼女の目に今、自分はどんなふうに映っているのだろう。でもまっすぐそらさない強い両目に、なんだか楽しくなってきてしまう。

腹芸が苦手な、反射神経のいい素直な子。果たして彼女は、それだけなのか。

「ルヴァンシュ伯爵は？」

「……もうすぐ帰ってくると思うわ。走り回ってるみたい」

「ああ。ここに出入りしている業者が魔香売買で捕まった件かな」

「やっぱり知ってるのね」

「皇后陛下の覚えめでたいアイザック・ロンバールだからね」

その立場は崩さないぞ、と言外に言い含めたことに、リラは気づいただろう。

「何か力になれることがあればと思って、きたんだよ。なんでも相談してほしい」

たとえばほっとした顔をして、言い訳を並べ立てて助けてくれとすがりついてくれれば。あるいは、愚かにもごまかそうとすれば。その瞬間、ウォルトは「ああやっぱり見間違いか」とリラから興味をなくしたかもしれない。

けれど彼女の反応はどれでもなかった。

泣き出しそうな顔をして、いつもの子どもっぽい仕草など嘘のように美しく、見違えるほど強く、微笑む。

「あなたと婚約はしないって、最初から言ってるでしょ。今日はそれを伝えにきたの」

「……。それでいいの？」

我ながら間抜けな返しになったのは、多少なりとも動揺しているからだろうか。

「オペラも行かない。私なんかじゃ、釣り合わないもの。——これ、返す」

ずっと握っていた手を開いて見せられた。リラの手のひらにのっているのは、口紅だ。黙ってそれを手に取って、ふたを開ける。オレンジ色のものだった。

未使用のままだ。それが精一杯の誠意だというように。

「チョコは返せないわ。食べちゃったの。おいしかった、ありがとう」

「……」

「叔父様には私から話しておくから。それじゃあ、帰って」

胸を両腕で押された。ウォルトはびくともしないが、それが答えだということはわかった。

「さよなら。……いい夢をありがとう」

動けずにいるらしくない自分を叱咤して、リラのうしろ姿を目線だけでも追う。

目をくらませるな、仕事だ。何か見抜け。

自分は魔王の護衛だ。

傷ついてないで、糸口を彼女のどこかに——気づいたときにはもう腕をつかんでいた。

「なっ何」

「足。どうした？」

ドレスの裾捌きと歩き方に違和感があった。何より、リラの顔から血の気が引いている。

「かばってるよね」

「べ、別に、ちょっと」

「首にも何か痕がある」

どんどん青ざめていく顔色に、答えを聞く時間ももどかしくウォルトは柔らかい長椅子のソファにリラの体を押しこんだ。

「まっちょ、やめ、なんでも――転んだの、足をすべらせたの、それだけよ！」

リラは両腕を振り回して抵抗しようとしたが、素人の抵抗など苦にもならない。犯人を拘束する手早さで両腕をまとめて押さえつけ、迷いもせず背中のボタンをはずし、ドレスの裾をまくりあげる。

「やめて、見ないでったら変態！」

――そしてあらわになったのは、足首に縄のようなすり切れた痕と、ふくらはぎにある新しい打撲の痣。治りかけと新しいものが入り交じった背中のミミズ腫れに、首には手で絞められたような指の痣。

転んで怪我をして、こんなふうにはならない。

力の抜けたウォルトの拘束から逃げ出し、リラが脅えきった顔でソファの向こうに隠れる。

まるで犯罪が見つかった罪人のように。

(……だから、わざわざ肌を隠す理由とか、ほんとろくでもない)

奥歯を噛みしめて、それから吐き出す。そして必死で背中のボタンをなんとか自分で留め直そうとしているリラに、近寄った。

「ごめん」

びくりとリラが震えた。丁寧に背中のボタンをひとつずつ留め直して、ウォルトはつぶやくように誓う。

「言えないなら、なんにも言わなくていい」

「……」

「必ず助ける」

最後は抱きあげて、ソファに座らせた。その前に跪いて、もう一度告げる。

「俺が助けるから」

安っぽい言葉だ。だがこれくらいわざとらしくても、いいだろう。

自分は彼女を騙しているのだから。

(ああほんと、厄介な仕事だよな)

境界線がわからなくなる。

だから床に落ちていた口紅は、ポケットにしまった。

「じゃあ、また」

「……いい」

立ちあがって踵を返そうとしていたウォルトは、足を止める。

「私はいい、助けないで」

「……」

「お願い、もしあなたが本当に――」

「まだおられますか、アイザックさん！」

ばんばんと乱暴に二度扉が叩かれたと思ったら、そのまま扉を開いてルヴァンシュ伯爵が入ってきた。はっと顔色を変えたリラが黙ってしまう。

だが、それだけで収穫は十分だった。

「ああ、よかった。いやはや、予定より早いおつきで」

「すみません、時間が変な具合にあいてしまったもので」

「いえいえ。こちらもばたばたしておりまして……もう既にアイザックさんはご存じだとは思いますが、魔香売買の件で……」

うかがうような視線に、表面だけ眉をひそめて頷き返した。

「ええ。ここに出入りしていた連中が捕まったとか」

「それを気にしているんでしょうな。実は、姪があなたを巻きこまないために、見合いをなかったことにしたいと言い出しておるんです」

ルヴァンシュ伯爵がリラの横に座る。姪の心配と不安を混ぜた弱った顔だ。対するリラは体を硬くして、ぎゅっと唇を結んだままうつむいてしまった。

「ひょっとしてもう、お聞き及びですかな」

そういえば、このふたりが一緒にいるところを見るのは初めてだ。そう思いながら、ウォルトは頷き返す。

「まさに今、その話をしていたところです。……私としては、気にしないでほしいと言いたいところですが……皇后陛下がなんとおっしゃるか」

言葉を濁したところで、ルヴァンシュ伯爵が焦りだした。

「濡れ衣です！　我が家は何も関係ない」

「もちろん、そう信じてます。ですが私にも立場があります。皇后陛下の臣下として、皇后陛下の信に値しない令嬢とつきあうわけにはいきません」

リラが一瞬だけ膝の上の手を拳に変えたのが見えたが、反論はない。逆にルヴァンシュ伯爵のほうが悲痛な声を出す。

「そんな！　姪を捨てるとおっしゃるのですか、疑惑程度で」

「ですが、皇后陛下に釈明できないでしょう。明日のオペラでお会いする予定がありますが、そのときにどう説明すればいいのか私が聞きたいくらいなんです」

「オペラ……ですか。確かに、明日、何やら人気のものがあるとは聞いてますが……そんな場所に皇后陛下が？」

「皇帝陛下と気分転換にこられるそうです。チケットはもう売り切れだそうですが」

「では私もぜひ、ご一緒させていただきたい。なんとかチケットを入手しましょう。アテはあります」

迷わずルヴァンシュ伯爵が答える。姪の手元にチケットがあることを知らないのだ。

なぜ？　決まっている――。

(彼女にとって、ルヴァンシュ伯爵は情報を渡したくない相手だからだ)

思い出してみれば、最初からそうだった。

「残念な結果にならないことを祈ってます」

自嘲を隠すために帽子をかぶり直したウォルトに、ルヴァンシュ伯爵が声をあげた。

「味方はしていただけないと、いうことですな」

低い声の確認に、ウォルトは無言で会釈して踵を返した。ここは焦らせるべきだ。

だから、リラがどんな顔をしているのかもあえて見ない。――それがよくなかったのかもしれなかった。

鼻をつく甘ったるい匂いに目を見開く。振り返るより早く、また突き飛ばされた。

「――ッ！」

魔香をかけられそうになったのだと、絨毯に広がった液体から気化する匂いで悟る。

ウォルトを突き飛ばしたリラが床に倒れたまま叫んだ。

「吸わないで、早く逃げ――」

がん、と後頭部に衝撃が来た。

（な）

油断していたとはいえ、ルヴァンシュ伯爵が自分のうしろをとっていた。それを確認すると同時に、脇腹に一撃、叩き込まれる。転がったウォルトは空気と一緒に、絨毯に広がった魔香をまともに吸い込んだ。それがいけなかった。

想像よりはるかに強力なしびれが、一瞬で全身に回る。

（なんだ、これ）

ただの魔香ではない。完全に動けず、倒れこんだウォルトの周りを、いくつもの足が囲む。いつの間にか部屋に使用人達が入ってきていた。リラが何か騒いでいるが、使用人に捕まえられて殴られているのが見えた。

（ああ、くそ。まずったな。やっぱり屋敷ぐるみか——）

気づいてはいたのに。

体に染みこんでいく魔香のにおいが意識を、視界を、薄れさせていく。やがて誰かに腹を蹴られて、ウォルトの意識はそのまま暗転した。

ウォルトが帰ってこない。

「遅刻の常習犯ですし、いつものことと言えばそうな気がしますが」

「キース様が指揮をとってるこんなときに、冗談じゃない」

カイルは古城にあるウォルトの自室を見渡した。カイルに叩き起こされ、確認についてきてくれたエレファスも肩をすくめた。

「それは同意です。……ひょっとして昨夜から帰ってきてないんですかね？　カイルさんが見たのは？」

「昨日の夕方、ルヴァンシュ伯爵邸に向かう前だ」

「そのあとは朝、シュガーと交替するまで、ルヴァンシュ伯爵の見張りの予定でしたよね。で、仮眠を昼までとって、オペラ」

「だが、シュガーが交替場所にいないと俺に知らせにきた」

ふうっとエレファスが溜め息をついて、主のいない部屋の扉を閉める。

「ということは、昨日の夕方から行方不明ですか？　誰か他に、魔物も見てない？」

「見張り自体はウォルトがやりたいと言い出したことだ。それに、屋敷周辺から離れるよう言われてるはずだからな、シュガーは」

魔香が関わっている以上、あまり魔物を近づけさせることはできない。ウォルトが名誉挽回の機会をほしがって自ら挙手したので、クロードが許可したのだ。

「ひとまずクロード様……いえ、キース様に報告しましょう。クロード様は起きてらっしゃるかどうか。先にクロード様の執務室も、何かメモでも残ってないか確認しておいたほうがいいかもしれません」

カイルやエレファスの知らないところで、クロードやキースと打ち合わせているのなら、そこに何か残っているかもしれない。

エレファスの提案に頷いて、執務室に向かう。

(あいつ、ミスをしたばかりで何をしている)

腹立たしいが、用意された朝食を後回しにする程度には嫌な予感はしている。エレファスも同じだろう。

その嫌な予感を決定づけるように、執務室には既に起きたクロードがいた。キースが珈琲を給仕している。

そして、執務机の前にリュックとクォーツが立っていた。

何かあった。それを裏付けるように、キースがカイルとエレファスに目配せする。あとにしろ、という意味を読み取り、カイルはエレファスと同じように壁際で直立した。

クロードがやや胡乱気に執務椅子の肘掛けに頬杖を突く。

「中断させてすまない、続きを。――例の妖精とやらから預かった魔香が、今までの魔香と違う、という話だが」

妖精、という言葉にカイルはまばたく。リュックがクロードに向き直った。

「はい。解析の結果ですが、魔香の原液として今まで教会から回収してきたものよりもはるかに濃度が高いです。即効性も効能も倍以上あがっているのではないかと」

「……もう少し分析しないと、細かい違いはわからないが」

ぱらりと書類をめくって、クォーツがつけたす。リュックが頷いた。

「少なくとも今まで扱ってきた魔香と違うことだけは確かです。捕り物の際は取り扱いに注意を、と思い、嫌がらせまがいに早朝からやってきたわけです」

クロードが朝弱いことを知っているリュックが、堂々と言ってのける。クロードが深く嘆息した。さっきから動作が物憂げなのは、眠いからだろう。少し申し訳なさそうに、クォーツが小さな袋を取り出して執務机に置いた。

「……眠気覚ましのハーブだ」

「……気遣いには感謝しよう。で、そちらはどうしたんだ、カイル」

「ウォルトが帰ってきておりません」

端的にカイルが告げると、クロードがキースの淹れた珈琲を飲んだ。

「ああ。それでシュガーが朝から僕を呼び出して……」

「ぼんやり起きたところにリュックさんから『アイリーン様に知らせる前に』と謁見願いがきて、私めが叩き起こしたわけです」

「……アイリーンは？」

「大丈夫です、我が主は緊急の用事とお伝えしてあります。仕事になるのかと心配してらっしゃいましたよ。仕事が終わり次第、朝食を一緒にとられるそうです」

綺麗にキースが状況をまとめて教えてくれる。

「魔物も、ウォルトの姿は見ていないようだな……まったく……」

「クロード様はウォルトの気配は追えないんですか？」

「無理だな……」

カイルの質問に、クロードがぼんやりまばたきながら答える。眠気と闘っているらしい。

「それもこれも、僕がお前達の気配を追ったりいつでも連絡をとれたりする魔法をかけておかなかったから……」

「すみませんやめてください。となると……」

「……少なくとも死んではいない。僕の加護対象だ。魔力が切れれば、さすがにわかる……」

眉間のしわをもんで目をさまそうとしているクロードのカップに、キースが珈琲を注ぎ足した。あの、とエレファスが声をあげる。

「俺は貧乏くじを引く役だと思ってますので、あえて聞きますが。ウォルトさんがルヴァンシュ伯爵令嬢と駆け落ちした可能性とか、ありません？」

「そん――」

「それはない」

カイルが反論する前に、クロードがきっぱりと言った。

「ウォルトが僕を裏切るわけがない。駆け落ちするなら僕としてくれるはず……」

だがまだ寝ぼけ気味のようだ。いまいちしまらない空気に、リュックが呆れ顔になる。

「こんな魔王と駆け落ちするより、可愛いご令嬢と駆け落ちしたほうが幸せでしょうに」

「そんなことをされたら僕は地の果てまでウォルトを追いかける……」

「あー聞いた俺が悪かったです。怖いこと言わないでください、クロード様。まあ、普通に帰れない状況にあるんでしょう。確か、ルヴァンシュ伯爵の屋敷に向かったのがウォルトさんを見た最後ですか」

　カイルが頷く。この場の誰もが辿り着いた答えを、クォーツがぽつりとつぶやいた。

「……なら、そこだろう」

「新しい魔香にやられちゃいましたかね」

「名もなき司祭でもか？」

　名もなき司祭は魔香を馴染ませることによって超人的な力を使えるようにしている。故に魔香に対する耐性が高い。そうでなければ人間兵器になる前に脱落してしまう。

　カイルの確認に、リュックは真面目な顔で答えた。

「カイルさんもウォルトさんも常人よりはるかに耐性がありますよね。でも、さすがにこれを使われたら、一時的に動けなくなる可能性はあります。持続性がわからないので、どの程度の時間かはわかりませんが」

「……助けにいったほうがいい事態なのかもですね、これ」

　少し真面目に進言したエレファスに、カイルは前に進み出た。

「俺がルヴァンシュ伯爵のところへ行きます。魔香売買の件でリラ嬢を引っ張ってしまえばいい」

「駄目です。何か対策を講じないと、カイルさんもウォルトさんと同じことになりかねません」

　即答したキースに、エレファスも同意する。

「ですね。大体、それじゃあウォルトさんの策が台無しでしょう。蜥蜴の尻尾切りで終わらせないっていう。それに妖精さんだってどうなるか」

「こんなことになったら話は別だ」

「少し落ち着いてください。ウォルトさんはあなたの妖精だって悪い結果にしたくないと思ってクロード様を説得したんですよ。焦ってその気持ちを無駄にする気ですか」

思いも寄らなかったことに、カイルはまばたいた。リュックが肩をすくめる。

「あのひと、見かけによらず情に厚いですからね」

「エレファスさんに何か策はありますか？」

キースに尋ねられて、エレファスが両腕を組んだ。

「そうですね……クロード様曰く、ウォルトさんはまだ死んでない。ということは捕らえられてるんでしょう。でもまだこっちに要求がきてない……ということは、敵はウォルトさんが何者かまだわかってないんじゃないですか？　ひょっとしたらアイザック・ロンバールだと思い込んだままでいる可能性もある」

「でしょうね」

「つまりアイザックさんを巻き込めます。そしたらなんとかしてくれるでしょう。そもそもこっちに投げっぱなしってどうかと思うんですよ、俺」

さわやかに宣言したエレファスに、クォーツが溜め息をつき、リュックが笑う。

「いいですね。連絡してこちらにくるように言っておきます」

「抵抗した場合は『クロード様はあなたよりウォルトさんのほうが大事だと思いますよ』って伝えればいいと思います」

あからさまな脅迫である。カイルが是非を問う前に、キースが軽く拍手した。

「さすがエレファスさんですね。それでいいと私めも思います。ルヴァンシュ伯爵邸も魔物は入れられませんが、遠くから見張ることはできます。ひとまずオペラまで待ちましょうか」

「ですが、ウォルトがもし……」

今、まさに瀕死の状態にでもあったとしたら。心配するカイルに、ふっとクロードが目をあけた。

「ウォルトの命を他の女性になど渡さない」

まだ寝ぼけているのかと思ったが、クロードの目は本気だった。

異常に寒い。毛布をたぐり寄せようとして、両腕が動かないことにウォルトは気づいた。後ろ手に縛られているのだ。

(ああ、俺、確か――……)

かすんだ視界にまず、石造りの床が入り込む。順番に壁際にあるテーブルの脚、綺麗に整頓された本棚、対照的に書類やペンが散らばっている長机。何やらあやしげな色をした液体が入った瓶に実験器具、フラスコなどが陳列されている棚。ウォルトが横になっているのは長いチェストの上のようだ。視線をあげると、鉄格子が見えた。

鉄格子と石壁に囲まれた、薄暗い研究室だ。

「はい、これでいいわ。本当に無茶をするんだから、リラは。刃向かうなんて」

鉄格子の向こうから聞こえた声に、慎重に視線だけを動かす。牢というわけではなく、部屋のようだった。だいぶ大きな部屋のようで、さらに本棚や衣装ダンスもある。敷かれた絨毯の上に猫脚の丸テーブルとそれを囲む椅子があり、そこにランプに照らされたふたり分の影が重なり合っていた。

それを見て、気づく。この部屋には日光が入り込む窓がない。地下だろうか。

「最近は傷を作らないように言動には気をつけてくれてたのに。あの人に会うとき、怪我をしてたらおしゃれもできないからって」

「違うわよ！　そんなんじゃ――っいた……」

「ほら、すぐ怒鳴らない。頬が腫れてるわ。唇だって切れてるんだから」

治療箱らしきものをしまった女性が立ちあがる。ランプのせいで影絵のようになっているふたりの輪郭がそっくり同じことに、ウォルトは唇を噛んだ。

「ねえ。……大丈夫かな。解毒剤、効いてるよね？」

「計算どおりなら」

ふたりの視線がこちらに向けられ、ウォルトは自分の話だと気づく。

「でも、ひとに打つのは初めてだったから、油断は禁物だわ。意識も当分は戻らないでしょう

し……」

「私、看てるわ。──お姉様はそろそろ準備しないと……」

「……そうね。時間だわ。あなたのかわりに」

リラが手を伸ばし、リラとそっくりの形をした少女がブローチを差し出す。

その真ん中にある鉱石の光に、ウォルトは目を細めた。

(魔石だな、あれ)

リラがそのブローチをつけた瞬間、床が一瞬輝いた。がしゃんと鎖の音がして、ウォルトはリラの足首に鎖がつくのを見る。逆にもうひとりの少女の足首から伸びていた鎖が、消えた。

何かの拘束魔術だ。それをあのブローチが媒介してふたりの間を行き来させている。

「いってらっしゃい、お姉様。……気をつけて」

「ええ。待ってて、リラ」

「戻ってこなくてもいいのよ」

笑ってそう言ったリラが、声色を変えた。

「戻ってこなくてもいい。私をここに置いて、そしてお姉様は記憶喪失のふりでもなんでもして、ヴィオラ・ルヴァンシュとして……あるいは別人になって生きてく方法だってある。魔香を売ったのは私、リラ・ルヴァンシュだから」

「それはあなただって同じでしょう。どうしたの、今更」

「だって最後のチャンスよ、きっと」

顔を手で覆って、リラが叫ぶ。

「私はきっと殺される、お父様とお母様みたいに！　あいつ、皇后陛下の部下にまで手を出したのよ。もう弁明のしようもないわ。でも、お姉様なら死んだことになってる。今逃げればまだ間に合うわ、きっと。稼いだお金の隠し場所は話したでしょう？　持っていって、資金になるから」

「リラ」

「お願い、私を置いて逃げてお姉様。もっと早くこうすればよかった！　私がお姉様とふたりで逃げるんだ、自由になるんだなんて夢見て意地を張ったから、こんな――ふたりでなんて希望を持たせて縛り付けるあいつのやり方は、わかってたのに！」

「できないわ。できるわけないでしょう」

鏡写しのように同じ顔をしたふたりが、抱きしめ合う。

「それなら私も言うわ。そのブローチを私につけ直して、私をここに置いて逃げなさい。あの男の目当ては魔香を作れる私よ。あなたを魔香売買なんてものに手を染めさせた原因も私。何度も私はそう言ったのに、それをあなたが今になって言うの？」

「でも、お姉様。このままじゃ」

「わかってるわ。……あのひとを巻きこんでしまって、不安になったのね」

リラが姉の腕の中で小さく頷く。

「やっぱり、最初から見合いなんて断ればよかったっ……私と一緒にいずれ始末される可能性だって、考えなかったわけじゃないのに」

「でも皇后陛下の部下よ。そう簡単には手は出せないはず。それに何か皇后陛下が勘付いてよこしたのかもしれない。だから様子見しましょうってあなたを説得したのは私よ。あなたは私の策に協力してくれただけだわ、何も悪くない」

「違うの。それだけじゃないの。そうお姉様が言ってくれたからって、私がのったのよ。ちょっとだけ、普通にデートとか、そんな馬鹿なこと思ったから！」

ウォルトは奥歯を嚙んで、大丈夫だからと起き上がるのを堪えなければならなかった。

「大丈夫よ、リラ。お姉様にいい考えがあるの。だから、お姉様を信じて待っていてくれる？」

頭をなでる姉に、リラが顔をあげる。

「何をするつもりなの、お姉様」

「あのひとはきっと魔法使いよ。あなたを助けてくれるわ」

指をさされたウォルトとヴィオラの目がはっきり合う。こちらの意識が戻っていることに気づいていたらしい。悪戯っぽい微笑が妖精そのもので、舌打ちしたくなる。

（ああもう、やっぱりカイルは節穴だろ）

とんだ性悪妖精ではないか。

「だって私が会った魔法使いと同じだったもの。怪我だってすぐ治るわ」

「それは魔香の解毒剤の効果でしょ」

「そうなのかしら。でも、きっと運命よ、ね。そう信じたほうが素敵でしょう」

妖精っぽいことを言って、そっとヴィオラがリラの額に口づける。

「大丈夫。オペラであの男が皇后陛下に陳情する結果によっては、まだ希望はあるわ」

笑う姉に、リラがおずおずといったふうに頷き返す。

「そう……そうよね。あとはこの人を助けさえすれば、まだ……」

「目をさましたら打ち合わせをしておいて」

「あの男は解毒剤のことを知らないから、魔香中毒になったふりをしてもらって逃げろって言うつもり」

今度はヴィオラのほうがしっかり頷き返した。

「それがいいわね。あの鉄格子の合鍵、屋敷にないか一応さがしてみるわ」

「使用人に見つからないようこっそりよ、お姉様」

やせ我慢のように互いに笑い合って、ふたりは離れる。

しばらくリラは姉が出て行った扉を黙って見ていた。ゆっくりと驚かせないように、ウォルトは上半身を起こす。

「さっきのが君のお姉さん……ヴィオラ・ルヴァンシュ？」

ぎょっとしたリラがこちらを振り向き、鎖がじゃらりと鳴る。その音はあえて聞かない振りをして、ウォルトは苦笑い気味に確認した。

「ルヴァンシュ伯爵の命令で、お姉さんが魔香を作って、それを君が売ってた。それを屋敷ぐるみで隠してた。そういう理解でいいのかな」

「……」

「君のその怪我はルヴァンシュ伯爵がやったのか」

リラは斜め下を向いたまま、素っ気なく答える。

「さっきの話を聞いてたなら、それで全部よ」

「でも君の両親の事故死について、まだわかってない」

リラが瞠目した。その目に宿った希望も絶望も抱きしめられればいいのだろうが、そうはいかない。まだ両手首は縛られているし、自分は魔王の護衛なのだから、すべて解決するまでは彼女を抱きしめたりはできないのだ。

「話してもらえないかな。最初から全部ね」

――ヴィオラ・ルヴァンシュが魔香が悪いものだと知ったのは、何歳の頃だっただろう。

最初はお遊びだった。いつも甘いお菓子やおもちゃをふたりぶん持ってきてくれる優しい叔父が「内緒だよ」と見せてくれた処方箋。とても難しいものなんだ、作ったりできない。そう笑われたから、びっくりさせてやろうと思った。それだけ。

自分でいうのもなんだがヴィオラは記憶力がよく、大の薬学好きだった。一瞬だけ見えた処方箋を丸暗記してしまったのだ。でも材料はわからないものが多かった。それにかわるものをふたりで考えてさがして、ああでもないこうでもないと実験を繰り返し、そしてできあがったものを、こっそりふたりで叔父に見せにいった。

そんな子どもじみた遊びが、地獄の始まりだとも思わずに。

ルヴァンシュ伯爵家は、いつもお金に困っていた。お人好しの両親は数字に弱く、人を疑うことを知らない。今から思えば、叔父の仕込みもあったのだろう。不作が続いた領民への税を下げ、蓄えをも吐き出した。頭のいいリラは、両親を助けたい一心で帳簿を引っ張り出し色々な間違いを指摘していたが、子どもの言うことだと相手にせず、資金援助を申し出てくれた叔父にまかせっぱなしだった。そうして伯爵家はみるみるうちに困窮した。

みんなが幸せならそれでいいんだよ。両親のことは大好きだったが、それだけは言い訳に聞こえた。叔父の『皆を助けるために薬を売ろう』――その言葉のほうがよほど正しく聞こえたのだ。

そう、薬だと思っていたのだ。吸った人が元気になる薬。

賢いリラが、売るために様々な提案をした。携帯しやすく、あるいは強めは危険だから薄いものから取りそろえて、使用者にあわせたものをたくさん用意する。原価率は、販売率は。両親に言っても相手にされないから、販売ルートはひとまず叔父を頼る。

魔香売買に自分の子どもが関わっていると知ったとき、両親はどんな気持ちだったのだろうか。

「私も気づくべきだった。ただリラに言われるがまま、ヴィオラの作っているものを売ってしまって。子どものやったことだと、陳情してみれば許して頂けるのではないか」

叔父はぬけぬけとそう両親に告げた。

真面目な両親は子どものやったことは自分たちがやったことと同じだと、叔父の言うことを鵜呑みにして——あるいはただ言い出せなかったのかもしれない、だいぶ叔父への借金があった——魔香を作ったヴィオラを連れて、皇帝陛下に事情を説明するため馬車に乗った。

そして馬車の中で殺され、馬車と一緒に崖に落ちていった。

それをヴィオラは、叔父の雇った教会の人間に捕らえられながら見ていた。

自分だけ助けられた理由は明白だった。魔香を作るためだ。そしてリラが処分されなかった理由も明白だった。ヴィオラとリラ、互いに互いを縛り付けるためだ。

叔父は頭がよかった。リラがやり手だと皮肉ったくらいだ。

教会の協力で作った地下室は、リラとヴィオラ、どちらかひとりがブローチをつけて鎖につながれれば部屋の扉が開き、片方だけが出て行ける。そういう造りになっていた。中途半端な自由を与えたのは慈悲ではない。

まず、亡き兄の愛娘を育て家を立て直す立派な人物を演じて、自分へ疑いの目を向けさせないため。そして、自分が逃げたら双子の片割れがどうなるかわからない環境におくことで自殺をふせぐ。そして食事と、それなりの環境も与えた。どちらかひとりなら『リラ・ルヴァンシュ』として生きていける。

そうやってヴィオラとリラを飼い殺そうとしたのだ。

諦めて、魔香を作り続ければいい。そうヴィオラは思ったこともあった。だがリラは諦めなかった。

叔父に殴られれば「傷がつけば虐待をあやしまれる」とやり返し、ヴィオラが叔父の寝台に引きずり込まれそうになったら「お姉様に何かしたら目立つように死んでやる」と脅し、守ってくれた。リラとヴィオラはそっくり同じ顔だったが、叔父はどうにもうるさいリラが好みではなかったらしい。ヴィオラがこっそり仕込んだ毒薬で不能になった叔父に体中なで回されても耐えられたのは、リラがいたからだった。リラだけはこんな目に遭わせまいと、守れる自分を誇りにさえ思った。

いつかきっと叔父の悪事を暴いて、ルヴァンシュ伯爵令嬢としてふたり、罪を償って生きていく。そんな夢をリラはくれた。

だが、逃げ場はなかった。既に屋敷の使用人は叔父が取りこんだ魔香中毒者たちばかりになっていて、ほとんど意思がないか魔香ほしさに叔父に従う者ばかり。屋敷に閉じこめられている間に社交界での叔父の評判は高まっていき、今更小娘が声をあげたところで妄言と思われるのは目に見えていた。

皇帝陛下が代替わりし、教会の勢力が弱まったときは希望が灯った。だが、今の皇帝は魔物を傷つける魔香を決して許さない、何かあればお前達ふたりが処刑されて終わりだ――そう笑う叔父に、何ができただろう？

リラがルヴァンシュ伯爵令嬢として生き直すことを、叔父の悪事を暴くことを諦めたのはその頃だった。そのかわり、ふたりで逃げよう。そのためにリラが計画を立てた。ヴィオラに上質の魔香を作らせ、それをリラが自分の手で売りさばき、逃走資金をためる。叔父の命令ではなく、自分自身で犯罪に手を染めた。教会があった頃ほど、叔父の手が及ばなくなったのも幸いした。そうやって、日の当たらないところでひっそり生き延びる。

それが現実的だとは、ヴィオラもわかっていた。

でも、どうしても許せなかった。リラまで一緒に堕ちてしまうことが。

リラを社交界デビュー、すなわち結婚させたらどうかと叔父にすすめたのはヴィオラだ。リラは抵抗した。嫁に出されたが最後、ヴィオラと逃げる機会はなくなるし、何か不都合があれば嫁ぎ先を巻きこんで始末される——リラの懸念はもっともだ。実際、叔父もうまく魔香を売りさばくようになったリラをそろそろ始末したいと思って、ヴィオラの話にのった。

危険な賭だった。だがヴィオラはリラを説き伏せた。

最後のチャンスよ。ひょっとしたら、叔父ではなくあなたを信じて助けてくれる人間が現れるかもしれない。そうしたらふたりで生き直せるかもしれないじゃない。

逃亡に舵を切ったリラの迷いを衝いて、そそのかした。それにもし、叔父に魔香売買疑惑をかけることができたら、強制的にこの屋敷の中が暴かれるかもしれない。

逃げるついでだと、リラは不興を買う覚悟で、禁色のドレスを着て舞踏会へ行った。魔香のことをその場で言ったところで叔父は逃げる。だから悪目立ちすることを選んだ。

叔父はあぶないことをしたリラに激怒して、帰宅するなりリラを殴りつけた。いつもなら傷ができたところで、ヴィオラがかわればすむ。詫びに行けと忍び込まされたドートリシュ公爵家の夜会にはヴィオラが向かったもののうまくいかず、叔父は癇癪を起こした。だがそのおかげで、リラはいつ皇后から釈明に呼び出されるかわからないうえ、見合いが成立すればその相手の目に触れる機会が増える身になった。顔はもちろん、腕や背中の傷も増やすのは危険だと叔父も察したらしい。その分、ヴィオラが寝室に引きずり込まれる日が多くなったが、リラが殴られないなら幸せなくらいだった。

アイザック・ロンバールが見合いを受けてからは、完全に暴力はおさまっていた。何せ皇后陛下の腹心と言われている臣下だ。あやしまれるわけにはいかなかっただろう。監視もヴィオラの想像どおり、ゆるくなった。

リラはぶつぶつ言いながらも楽しそうだった。口紅をもらったと、ヴィオラにも持って帰ってきてくれた。皇后陛下の腹心だからってなんだ、叔父のことも見抜けない無能なら利用してやるだけだ――そう息巻いていたくせに、ひょっとしたらこちらをさぐるためにきてくれたのかもしれない、そう言い出した。

そんなふうに妹が言い出す相手なら、会いたくもなるだろう。

そして運命が自分に味方をした瞬間を、初めて感じた。使用人も叔父も見破れないのに、彼はヴィオラとリラを見分けたのだ。

彼がアイザック・ロンバールでないという確信があったわけではない。かまをかけたら当たっただけだ。大事なのは、アイザック・ロンバールではないということだった。偽者を送りこんでいるということは、自分達はあやしまれている。なのに泳がされている。それはきちんと背景を調べてくれる、という証左だ。

叔父はそんなことも知らず、劇場で皇帝に直訴するつもりらしい。そしてヴィオラはリラのかわりに「約束の時間なのにアイザック様が迎えにきてくださらなくて」と訴える役を叔父からあてられている。

なんて滑稽な喜劇だろうか。

赤いドレスを着て、口紅を塗る。いつだって殴られるのはリラで、ヴィオラの肌は傷もしみもなく美しい。だがその中身は腐っている。きっと中身がそのまま外見に出るのなら、腐臭がするだろう。

にこやかに果物ナイフを一本拝借したって、魔香でぼんやりしている使用人は気づかず、叔父に命じられたまま会場へ向かう馬車に乗せてくれる。

叔父は捕まる。リラの願いどおり、悪事は暴かれる。そして、魔香を作り続けた自分は処刑されるだろう。

でも、リラは、両親を、ヴィオラを、誰かを守ろうとしただけだ。

そんな尊い思いが、優しくて賢い妹が罰されるのが世の中なのだとしたら、世の中のほうが間違っている。

でも何せ、あの男は口がうまいから。

「――では、君の姪がすべて仕組んだことだと？」

ほらやっぱり、悪あがきをしようとしている。

ここで逃がすわけにはいかない。口紅を引いた唇がゆがむ。

だから神様、月夜の庭で出会った黒い魔法使いとだけは会わせないでください。あの瞳に映った自分は嘘みたいに綺麗だった。あんなのは自分じゃない。横暴な叔父の振る舞いに抵抗できず惨めさに泣いていただけの自分など、誰かの助けを願う自分など、もう捨てたから。

「──じゃあ禁色のドレスなんぞ着て皇后陛下に喧嘩を売ったのは、気を引くためか」

「大して期待なんかしてなかったわ。あの男の顔は見物だったけど」

強気でリラは笑っているが、その頰にはガーゼが押し当てられているし、唇の端は切れている。痛々しい姿についい、ウォルトのほうが目をそらしたくなる。

それを感じ取ったのだろう。リラが立ちあがって、ウォルトを閉じこめている鉄格子に手をかけて言う。

「同情しないで」

「……」

「──あなたにだけは、同情されたくない」

そう言われてはもう、目をそらせない。

「それに、お姉様のほうがよっぽどひどい目にあってる……」

リラがにごした言葉の意味を、ウォルトは尋ねようと思わなかった。こういう状況で起こることは、恐ろしいほどに決まっているのだ。

　リラも気分を切り替えたように、顔をあげる。

「もしお姉様を助けてくれたら、魔香とその解毒剤の処方箋をあげる」

「は？」

「そっちだって魔香の研究をしてるんでしょ？　お姉様は本物の天才よ。殺してしまうより絶対にいいはず。何より、もう死んだ人間だわ。別人として生かしてあげて」

　リラが自分の胸に手を当てた。

「お姉様の分まで、私が全部罪をかぶる。それでいいでしょう？　悪くない取り引きのはずよ」

「……」

「でなきゃお姉様の研究したものがどこにあるかは教えない。知ってるのは私だけよ。お姉様はこういうの、無頓着だから」

　抜け目のない交渉を持ちかけてくるリラに、ウォルトはなんだか感心してしまった。

「君、お姉様が大好きだな」

「馬鹿にしてるの？」

「……。そうだな。でも残念ながらその辺の交渉の決定権、俺にはないんだよね」

　素直に答えると、リラは眉をひそめた。

「でも、オベロン商会の人間ではあるでしょう？　しかも魔香なんてものの調査を単独でまかされるんだもの。ただの下っ端じゃなく、それなりに地位があるはず」

アイザック・ロンバールではなくともアイザック・ロンバールを名乗れる人物として、ウォルトはオベロン商会の人間だとリラは考えたらしい。

（うーん、つまり俺はアイザックの部下だと思われてるわけね）

クロードが聞いたらオベロン商会ごと潰しにかかりかねないので訂正したいが、どうしようか。まだリラは味方ではないのだから、魔王の寵臣だと明かすには早い。

「オベロン商会には協力してるだけ。俺は昔、教会にいたことがあってね。魔香の調査にはうってつけだから」

リラがびっくりしたあと、すぐに納得した顔になった。

「そう。魔香の調査に教会の人間を使うのは、確かに合理的だわ。そして身分は明かせないってことね。こういう潜入捜査は身元を明かさないことが大事だから」

理解が早くて助かる。

「なら、交渉の窓口に立ってくれるだけでもいいわ」

「でないと俺を助けないぞって？」

「何言ってるの。あなたが生きて帰るのが大前提よ。でなければ私もあなたも始末されて終わりじゃない。そのあとの話をしてるの。あなたにはちゃんと逃げてもらうから」

きっぱりと理知的にリラが言い切る。そう、この交渉はウォルトが無事でないと成り立たない。つまりリラは交渉成立しようがしまいが、ウォルトを助けるつもりなのだ。

（あーだめだ俺、こういう身を挺して助けられるのにほんっと弱い……）

人間兵器として、盾として使い捨てられるのが当たり前すぎたせいだろう。胸中で嘆息したウォルトは、観念して後ろ手に縛られている縄を引きちぎった。

一拍遅れて気づいたリラが、ぎょっとする。

「え⁉　い、今」

「まあこれくらいは鍛えたら」

「鍛えたらちぎれるの、縄⁉」

人間兵器なので、とは口にしづらくて、ウォルトは笑ってごまかす。

「なんか細い針金とかピンない？」

「ま、待って」

化粧台に向かったリラががさがさと引き出しを漁り、髪を留める飾りのないピンを持ってきてくれる。

「な、何する気なの」

「古い形だからたぶんいけると思うんだけど、と——ほい、あいた」

がしゃんと開いた錠前を床に投げ捨て、背丈の半分ほどの大きさの扉から出る。リラは呆然と鉄格子とウォルトを見比べていた。

「あなた、本当にただの調査員なの？」

「いやいや調査員ならこれくらいは常識でしょ。で、君のは……」

さっさとウォルトはリラの背後に回って床に跪く。リラの足首からのびている鎖は、石畳の床に食い込んでいた。リラが少し距離をとるように移動すると、その分自然と鎖が長くなる、魔力の鎖だ。持ちあげて引っ張ると、それだけで手のひらに弾けるような痛みが走った。慌ててリラがしゃがんでウォルトの手首をつかんで止める。

「引き抜こうとしちゃだめよ。ほら、怪我してるじゃ――」

リラの目の前で魔力でできた擦り傷がなくなっていく。しかたないなと、ウォルトはへらっと笑った。

「平気だよ。俺、ちょっと人間離れした調査員だから」

目を丸くしていたリラが、いつものようにまなじりをつりあげる。

「馬鹿なの。治るからって痛くないわけじゃないでしょう！」

今度はウォルトが目を丸くする番だった。そのあとに、天を見上げて唸る。

「そういう、俺が弱いこと言わないでくれるかな……」

「は？」

「いや、いいんだけど。……教会がかけた拘束魔法だね、これ」

リラがこくりと頷いた。

「そう聞いてるわ。ブローチと連動しているの。私かお姉様のどちらかが地下室につながれていなければ、この部屋の扉は開く。でもどちらもブローチをつけずつながれていなければ、扉は開かない。……でも解除方法はあるはずなの。このブローチじゃない、鍵が」

目で先をうながすウォルトに、はきはきとリラは答えた。

「一度籠城したことがあるのよ、この部屋で。お姉様も私もブローチをつけずに、食糧と水を持ちこんで。でも眠っている間に扉をあけて、あの男が使用人をつれて乗りこんできて……」

いい結果にはならなかったのだろう。リラは言葉をにごして、唇を噛む。あえて冷静にウォルトは鉄格子の研究室を含む、この部屋の出入り口を見る。

「鍵穴はないみたいだけど」

「ただの鍵じゃないみたい。お姉様はあたりをつけてたみたいだけど……」

「魔法は専門じゃないからな、俺も」

せめて魔銃があればよかったが、持ってきてはいない。いつでも警戒を怠るなと口うるさいカイルの言葉が思い浮かんで、うんざりする。

「でも鍵がなくてもなんとかできそうな奴は知ってるから」

魔法が専門で魔王様の魔力を借りられるエレファスか、あるいは魔王様の力で面白いことになっている魔銃があれば壊せる。要は魔王様の力業である。

いずれにせよ助けを呼ばなければ、ウォルトの手には余る。そして助けを呼ぶにはリラをここに置いていかねばならない。

「大丈夫よ。あなたは逃げて」

ウォルトが何か言う前に、リラが明るい声でそう言った。

「早く行って。あっでも使用人達が見張ってるから……」

「しっ」

廊下の奥から物音がした。ウォルトの忠告につられて、リラも黙る。

扉の前まで、複数の足音がやってきて、なんのためらいもなく扉を開く。三人の男達だった。見たことのない顔だ。

ウォルトを見ても眉ひとつ動かさない。視線を向ける先もうつろだ。正気でないのはあきらかだった。まばたきせず殉教者のようにランプを持ち、まるで掃除でもするように油をばらまき、何ひとつ言わずランプを放り投げる。

「は……!?　ちょっと待て、おい！」

叫んだときはもう、ランプの火が毛足の長い絨毯に落ち、燃え広がり始めていた。

呆然とリラと燃えあがる扉を見つめる。そのリラを意味もなく背中にかばいながら、ウォルトは拳を握った。

ウォルトは逃げられる。だが、叔父と教会にかけられた拘束魔法をとかない限り、彼女はこの部屋から逃げられない。


クロードの機嫌がどんどん悪くなっていくのを、内心ではらはらしながらカイルは眺めていた。きらびやかな歌劇場のシャンデリアさえかすませる美貌の主は、怒っているときが最も迫力があるのだ。その隣に座っているアイリーンも、カイルと同じことに気づいているだろうに、皇后の微笑みを絶やさない。その図太さを見習いたい。

とはいえ、カイルも表面はきちっと冷静な護衛の仮面を貼り付けている。クロードの笑みはいっそ慈悲深くすら見えるだろう。

「では、君はずっと姪のリラ嬢に脅されていたと言うんだな」

「ええ。姪は魔香を使うことで屋敷の人間を取りこんでいったのです。いずれ皇帝陛下の花嫁になることを狙って……！」

アイリーンが扇を開いて口元を隠す。たぶん、笑いを隠すためだろう。

劇場の観客が行き交う賑やかなエントランスホール、天鵞絨が敷かれた階段の踊り場には皇帝夫妻。階段下に跪き、これまでの真相を告白する憐れな伯爵。いい見世物だ。下手をすれば今夜の演目よりも面白いかもしれない。階段上の廊下で、ホールで、ひそひそと遠巻きにしている観客は、劇場の中に入って席につく様子もない。

「本当に、申し訳ございません。今まで気づかなかった私にも落ち度はあります。ただ、夢を見ているだけならよいと思ったのです。ですがまさか、姪の魔香売買に気づいたアイザック・ロンバール様まで手にかけるなんて！」

劇的な言い方に、横でエレファスが噴き出すのをこらえるように口元を覆った。

「ア、アイザックさんが手にかけられてる……」

「何がそんなにおかしいんだよ、お前の笑いのツボおかしいだろ」

呆れるアイザックの護衛と周囲への警戒が、カイルとエレファスの本日の任務だ。人混みに紛れて、ルヴァンシュ伯爵の言い分を聞く。

「アイザック様は我が屋敷に囚われております」

「囚われのアイザック・ロンバール……」

「いやだからそれの何がおかしいんだっつーの、陰湿魔道士」

「姪に命じられ、私は本来ここで無実を訴える役でした。姪はもうすぐここへやってきます。約束したアイザック様が迎えにこないと、さぞ心配でもしているように。そのあとひそかにアイザック様を始末するために」

「始末されるアイザック・ロンバール……」

「お前な……もういい」

「なるほど、話はわかった。つまりお前は、姪の魔香売買は自分にはあずかり知らぬことと言うんだな」

深々とルヴァンシュ伯爵が頭を垂れる。

「そのように言い訳する気はございません。兄に続き、姪も止められなかった。私の責任は重い。いかようにも処罰を」

殉教的な姿に、周囲から感嘆の息と同情の声が漏れる。アイザックがぽつりとつぶやいた。

「うまいな。これでルヴァンシュ伯爵を裁けば、無慈悲な皇帝陛下のできあがりだ」

「ですが、まずはアイザック様を救っていただけませんか。アイザック様は私を信じて身の危険を相談してくださったんです。もし戻っていないとすれば、姪の仕業かもしれません」

そして実際、何も知らないままでいればルヴァンシュ伯爵の話は真実として通ったのかもしれない。それくらい、彼の評判は高く、立ち回りは巧妙だった。

「アイザック・ロンバールが、君に相談か。そして囚われている、と」

「はい。早くせねば何が起こるか」

顔をあげたルヴァンシュ伯爵に見せつけるように、クロードが顎に長い指をあてた。

「何か勘違いがあるようだな。どうだろうか、アイリーン」

困ったようにかたわらの妻を見る。扇で優雅に口元を覆っていたアイリーンが、ちらとこちらを見た。笑いをこらえた声で「いってらっしゃい」とエレファスが、盛装したアイザックの背中を押す。アイザックは不機嫌そうにその手を振り払った。

実際、アイザックはこの手の登場の仕方は苦手だろう。

「そうですわね。わたくしの腹心であるアイザック・ロンバールは、今ここにおりますもの」

新妻に「えっ派手に登場するために着飾るんですか、まかせてくださ……でも着飾りすぎたらもてちゃう」とか聞いているだけで腹の立つ苦悩をされながら仕上げられたアイザックが、人混みから抜け出して皇帝夫妻のいる踊り場へ続く階段をおりる。

「ご機嫌麗しく、皇后陛下」

「ええ、アイザックも。相変わらずね」

なごやかに挨拶を交わす皇后と本物のアイザックの姿に、青ざめたルヴァンシュ伯爵が立ちあがった。

「そ、んな、馬鹿な！　じゃああの男は、いったい」

「誰だと思う」

初めてクロードが声色を低くした。そろそろ限界だったのか、踊り場に妻を置いて、ルヴァンシュ伯爵がいる階下へ階段をおりる。

「さてもう一度話を聞こう、ルヴァンシュ伯爵。君はいったい誰から姪のことを、身の危険について相談されたのか」

「な、あ……」

「僕より先に相談なんてそんなことがあり得るのか、非常に興味深い」

「根に持ってますね、クロード様……」

しみじみ言うエレファスに、カイルも溜め息まじりに頷く。それでも胸の焦りがないわけではない。

(あいつ、無事なんだろうな)

クロードも同じだろう。赤い目が無慈悲にルヴァンシュ伯爵を見据えている。

「わっ私は何も知りません！」

クロードが眉をひそめる。エレファスも瞳を細めた。

「しぶといですね。ぼろを出さない」

カイルも舌打ちしかけて、ふと階下の妙な動きに気づいた。皇帝夫妻とルヴァンシュ伯爵に見入っている観衆の中で、間を縫うようにして移動している人物がいる。目指しているのは皆が注視する真ん中。

ルヴァンシュ伯爵が立っている階段下だ。

(あれは)

両眼(りょうがん)を開いた。見間違(みまちが)えたりしない。

「そう——姪に！　姪に聞いてください、どうせ今からくる」

「では、すべて君の姪が仕組んだことだと？」

「そうです！　私は何も知らない」

階下の茶番劇をもうカイルは聞いていなかった。見えるのは彼女だけだ。

ルヴァンシュ伯爵の弁明に皆が注目する中、忍(しの)び寄る彼女の口元に浮(う)かぶ笑みと、そして握りしめているあれは。

「もしあのアイザック・ロンバールが偽者(にせもの)ならば、彼も魔香売買の一味で、私をだまし——」

「お父様とお母様の仇(かたき)よ、死ね！」

きらびやかなシャンデリアに反射する刃物(はもの)が振り下ろされる直前に、ルヴァンシュ伯爵を蹴(け)飛(と)ばし、細い手首をつかみとめた。

月夜の庭で見たのと同じ色の瞳が、見開かれる。そして泣き出しそうにゆがんだ。

彼女だ、という確信がなぜかあった。

だがそれを問いただす前に、彼女の瞳から光が消える。

「放してくださいな。これは魔香です。――近づいたらまきます」

目の前に小瓶を突き出され、カイルは口をつぐむ。

胸中は混乱していたが、頭は冷静だった。エレファスもいる、彼女から小瓶を取りあげるなどわけないだろう。だが何が彼女を刺激するかわからない以上、うかつな行動はできない。

「わかった」

彼女の手首を放し、背中にクロードをかばったまま距離を取る。彼女はすぐさま足元に転がっているルヴァンシュ伯爵に、刃先を突きつけた。

「出しなさい。地下室の鍵よ」

「お、おま、こんなことをして、ただですむと」

「ここは被害者のふりをして皇帝陛下に許しを請うべきでしょう？」

歯ぎしりが聞こえるような表情で、ルヴァンシュ伯爵が彼女を睨めつけている。逆に彼女はルヴァンシュ伯爵が逆らえないとわかっているようだった。

ルヴァンシュ伯爵が上着をまさぐる。そのときだった。

「魔王様！　大変、大変！」

「火事！　ルヴァンシュ伯爵ノ屋敷、燃エテル！」

正面の扉から一斉に入り込んできたカラスの軍団に、またも悲鳴があがる。ばたばたと足音がして、逃げ出す人々が現れ始めた。それに乗じて、ルヴァンシュ伯爵が歌劇場の奥のほうへ逃げ出す。

それに皆の視線が釣られた瞬間、唇を噛んだ彼女も踵を返して出入り口へと逃げ出した。あの月夜の庭でそうだったように、一瞬の出来事だった。

「クロード様、どうします」

ふわりとクロードのかたわらに降りたエレファスに、クロードが肩をすくめる。

「カイル。彼女を追え」

「い、いいん、ですか」

「叔父を公衆の面前で殺そうとしたんだ。だいぶ追い詰められているんだろう。ウォルトの件も何か知っているはずだ。どこに何をしにいったかはわからないが、止めてやれ。さっきのように」

はっとカイルは姿勢を正す。クロードは淡々と続けた。

「ルヴァンシュ伯爵邸の火事か。証拠隠滅だな。魔香が燃えているなら魔物は使えない。キースと連携して消火の指揮にあたれ、エレファス。ルヴァンシュ伯爵の捜索もだ」

「了解しました。では俺はいったん城に戻ってキース様に状況報告をします」

すっとエレファスが姿を消す。踊り場に戻ったクロードが、どんな状況にも動じずにいる妻の手をそっと取った。

「僕は君を送るとしよう。オペラは中止だ。かまわないだろうか？」

「ええ。珍しいものを見せて頂きましたから。カイル、彼女があなたの妖精ね？」

カイルが見上げると、アイリーンが悪戯っぽく微笑む。その横でクロードがまばたいた。

「そうなのか？　リラ嬢ではなく？」

「ええ。そっくりでしたけど、おそらくは。――助けてあげなさい」

慌ててアイリーンに頭をさげ、カイルは駆け出す。ばたばたと天井を飛び回っていたカラスの軍団からひとつ、白い影が飛び出してきた。

「シュガー、彼女はどこへ向かった⁉」

「娘、馬車、乗ッタ！」

「コッチ！　コッチ！」

ひしめき合う人々の波から屋根に飛び移ったカイルは、シュガーたちに誘導されながら馬車をさがす。

ずっとさがそうとは思わなかった、彼女を。

（俺は）

不意に後悔がこみあげた。

もっと早くさがしていれば。そう思わずにいられなかった。彼女が振り下ろそうとした刃物がまだ目に焼き付いている。彼女があんなことをするわけがない――だがそう信じることができても、カイルは何も知らないのだ。

彼女がどうしてあんな真似をしたのか、今までどうやって生きてきたのか、あの月夜の庭で何があったのか、なぜ泣いていたのか、彼女の本当の名前すら。

ああ、今ならウォルトの気持ちがわかる。必死に彼女を知ろうとしたウォルトは、助けたいと思ったのだ。彼女が助けるに値する人物だと信じて。

妖精だ、ただ幸せであるだけでいい——そんなふうに祈るだけで逃げた自分にくらべて、なんて誠実だろう。


「アレ！　アレダ、下僕！」

鞭をひたすら打ち続け、街中を突っ切っていく馬車に追いついたときは、行き先に煙が見え始めていた。

（ルヴァンシュ伯爵邸？　帰るつもりなのか？）

燃えている屋敷に、なんのために——そこまで考えてウォルトの仮説を思い出した。

もし本当に、彼女が死んだ姉で、妹がいるなら。

馬車が人混みをさけ、裏口に停まる。馬車から転げるようにして飛び出てきた彼女は、庭にある水撒き用のホースがついた蛇口をひねり、頭から水をかぶった。

何をする気かは明白だった。

「まっ……！」

カイルの制止を風に煽られた炎の音が遮る。だが彼女は燃えさかる炎の中に、迷いもせずに飛びこんでいった。

地下室の炎をすぐ消し止められたのは幸いだった。だが、使用人は自分達が逃げたあとを閉ざすように油をまいていったらしい。玄関(げんかん)まで辿(たど)り着いたウォルトが見たものは、燃え上がる玄関ホールだった。

消火できる範囲(はんい)ではない。

「今は風向きのおかげで逆の建物に火がいってるけど、そのうちこっちにもまたくる」

「あなたなんで戻(もど)ってきてるの!? 馬鹿(ばか)なの、早く逃げなさいよ！」

地下室に戻ったウォルトにリラが怒鳴(どな)る。ウォルトはできるだけ冷静に返した。

「ここで君を逃がすわけにはいかない、仕事だ」

「心配しなくても逃げられないわよ。仕事って、死んだら元も子もないでしょ！　それにもう全部話したわ、仕事より人命優先しなさいよ！」

「だめだ、君は重要な証人だ」

「そんなのなんとでもなるでしょ、お姉様がいるし証拠(しょうこ)ならその辺にあるメモでもなんでも持っていけば――！」

「君を死なせるわけにはいかないって言ってるんだ、わかれよ！」

怒鳴り返すと、リラがびっくりした顔をした。その表情で、ウォルトも我に返る。

「……ごめん」

煤(すす)けた頬(ほお)をこすって、何に対する謝罪かわからないままに言った。でもその手は自然とリラの胸元(むなもと)に伸びた。

リラを捕(と)らえる、ブローチをなでる。彼女をここに捕らえる、大切な証拠。

「でもこれだって、大事な証拠なんだよ」

リラがうつむく。泣いているのかもしれない。それを見て、なんだか焦った。

「だ、大丈夫だって。俺、なんだかんだ昔から運がいいし」

「……運って。こんなときにそんなこと言って」

「いやぁ、でもほんとに――」

「リラ！」

飛びこんできた声に、リラが目を見開く。ウォルトも振り向いた。

「お姉様！」

「よかった、無事ね。さあ、交替よ。今ならまだ逃げられる。ブローチを……」

さっと顔色を変えたリラが胸元を隠してウォルトの背に隠れる。

ヴィオラは薄汚れていた。ふわふわの美しい髪が少し焦げてしまっている。火に燃える屋敷の中を走ってきたのだろう。そんな彼女が何をしにここへ戻ってきたかなど、尋ねずとも明白だった。

火の手が回りきる前に妹を逃がす気なのだ――自身は、ここに残って。

困った姉の顔をして、ヴィオラがリラに懇願する。

「早く、時間がないわ。ブローチを私に渡して」

「だめよ、絶対」

「じゃあ、この人を巻き添えにするの？」

　はっとリラが自分を見上げたことに、ウォルトは気づかないふりをする。こんな状況下で、答えを聞きたくなかった。

　だから尋ねることはひとつだけ。

「月夜の庭にいた王子様とは会った？」

　ヴィオラが目をまたたく。彼女の装いがこの地下室を出て行く前とまったく違うことにウォルトは気づいていた。焦げていて香水の匂いは霧散しているが、赤い豪奢なドレス。はがれかけているが化粧に、口紅。まるでオペラの観劇にでも向かうような格好だ。

　実際、どこで彼女が何をしてきたのかはわからない。それよりも大事なのは、問いの答えだった。

「何を、言っているの」

　そしてあからさまに動揺している彼女の答えは明白だ。だからウォルトは肩をすくめる。

「それなら大丈夫だ。持ちこたえれば、全員助かるよ」

「――その他力本願さはどうかと思うがな、ウォルト」

　両目をまん丸にしたヴィオラは、追跡に気づいていなかったのだろう。

　脅えたようにヴィオラがあとずさり、その分リラが視線を険しくする。

　微笑むのはウォルトだけだ。

「よー、お迎えご苦労」

「誰がお前を迎えになどくるか。俺は……クロード様の命令で、彼女を追ってきただけだ」

それは結構なことだ。妖精を追えるようになった相棒に向けて手をあげると、カイルが渋い顔でウォルトの魔銃を投げてよこす。忘れていったことに、カイルが気づかないわけがない。

銃に脅えるふたりには申し訳ないが、説明している時間はない。

無言でウォルトは銃口を構える。そしてリラの脚を縛る魔力の鎖めがけて、引き金をひいた。

地下室から一階に出ると、既に裏口へ続く道は火の海で奥が見えなかった。玄関ホールへ続く道も同じだ。それを確認してウォルトは叫ぶ。

「っつーかお前、誰にも知らせず火の中入ってくるとか馬鹿なの⁉」

「お前に言われたくない！　いくらでも逃げる機会はあっただろう、それを」

「あーうるさいうるさい、これであの外道魔道士に助けられるような事態になってみろ、俺達半年は休みなしだぞ……！」

すごんだウォルトにカイルが胡乱な顔をする。

「お前はもうこの間のミスで休みなしだろうが。——それで、どうする」

「他に出口は？」

先導するふたりの言い争いにぽかんとしていたリラとヴィオラが、互いに身を寄せ合ったまま顔を見合わせる。

「ほ、他にはもう……」

「上にあがる階段は？」

「そ、それならこっちよ。でもどうするの」

「窓から飛び降りる。――ということで、ちょっと失礼」

ぐいっとリラを抱き寄せて、驚いている間にさっさと肩に担ぐ。脱いでおいた上着も忘れず上からかぶせた。

「な、何っ？」

「火の粉よけ。しゃべらないで、このほうが早いから」

目配せするとカイルも慌てて上着を脱ぎ、ヴィオラの頭にかぶせて抱きあげた。ヴィオラは驚きもせずに従っている。

（っつーかあのふたり、一切会話してなくない？）

少し気になったが、後回しだ。

使用人が使っていたのだろう狭い階段を三段跳びで、一気に三階まであがる。辿り着いた場所はちょうど廊下の角になる部分だった。崩れ落ちた部屋の扉から炎が噴き出て、行く手を遮っている。だが三部屋分ほどこえれば、裏庭を見おろすために作られた大きな出窓がある。

「突っ切るから、目と耳と口を閉じて、息も止めて。いくよ」

ぎゅっとリラが上着の内側に顔を引っこめたのを見てから、ウォルトは床を蹴る。息は止めたが目を開けたまま、目測どおり一気に駆け抜けた。カイルも同じようについてくる。

あとは出窓を割って外に出るだけだ。カイルと同時に片手で硝子をたたき割り、そして、上空から黒い影に覆われた。

「!?」

「カイル!」

立ち位置の差だった。襲いかかってきた腕らしきものを、ウォルトはリラを抱いたまま廊下に戻る形でよける。だがカイルとヴィオラは破れた出窓の外に放り出された。

「お姉様!」

身を乗り出そうとしたリラを押しとどめて背中にかばう。ヴィオラの細い体は、人間とは思えない太さの腕と手につかまれ、引き戻されていた。

「……恩知らずどもが、よくも」

先ほどまでカイルとウォルトがいた場所に異様な形の影が立ちはだかる。ウォルトは唇の端だけを持ち上げた。

「ルヴァンシュ伯爵……」

こちらに振り向いた左半分は間違いなくそうだ。だが、右半分は醜い異形に変わり果てたルヴァンシュ伯爵が、ヴィオラを捕らえたまま立っていた。

「お前らのせいですべて台無しだ」

ゆがんだ声でルヴァンシュ伯爵が言った。その間にも時折ぼこりと嫌な音を立てて、筋肉が膨張と縮小を繰り返している。

一瞬気絶していたのだろう。目をあけたヴィオラがはっと周囲を――おそらくカイルを気にして、そのあと自分を捕らえる化け物を目視し、真っ青になった。

「お、叔父、様……」

「お前らのせいで、お前らのせいで、すべて台無しだ！」

「使用人はあんたの命令で、証拠隠滅のために屋敷に火をつけたんだろ。それで恨むって、お門違いにもほどがない？」

意識がこちらに向かうよう、わざと明るい声で話しかける。魔香で強化――正確には変質してしまった人間は、基本的に思考が単純になる。案の定、ぎろりと上下左右に忙しなく動く両眼はウォルトに向けられた。

「お……まえ、そうだ。お前が、私を騙したせいで、皇帝が」

だが、こちらにはリラがいる。気はしっかりもっているようだが、ウォルトの上着をつかむ手は震えていた。

「お、姉様……そ、それに、も、もうひとりの、あのひと、窓の外、落ち」

「大丈夫」

短く即答する。それよりもここからどうやってリラとヴィオラを無事逃がすかだ。

「大丈夫って。あの男、もう、人間じゃな……」

「リラ、逃げなさい！　お願い、逃げて！」

ヴィオラが叫んだ。後半はウォルトに向けての懇願だろう。ヴィオラのことを思い出したように、ルヴァンシュ伯爵が叫ぶ。

「黙れ黙れ黙れ、妻にしてやると言ったのに、この恥知らずが！」

「誰がお前の妻になど！　なるくらいなら今ここで舌を噛み切る！」

「だめ、お姉様！」

飛び出そうとしたリラの腰をつかみ、まだ燃えていない廊下まであとずさる。同時に、上から拳をくらったルヴァンシュ伯爵がものすごい音を立てて床に沈んだ。

またも空に投げ出されそうになったヴィオラを綺麗に受け止めて、伯爵を床に沈めたカイルが破れた出窓から廊下に飛びこんでくる。

「妻にされても舌を噛み切られても困る」

リラを横抱きにしたまま、ウォルトはルヴァンシュ伯爵を炎の廊下の奥へと蹴り飛ばし、カイルと入れ違いに出窓から飛び降りた。

「いいから逃げるぞ！」

リラとヴィオラがいたのでは、戦うにしても不利だ。カイルもすぐさまヴィオラを抱き直し、ウォルトに続いて三階から飛び降りる。リラもヴィオラも真っ青になっているが、気遣っている余裕はない。その証左に、裏庭に着地するなり今度は屋敷の壁を突き破って、異様な形の影が頭上から降ってきた。

「返せ、それは私のだ！」

「誰が──」

「カイル、言い返すより安全のほうが先だ！」

「お、おい、置いていってって！」

リラが叫んだ。青い顔をしているくせに、ヴィオラも叫ぶ。

「だ、大丈夫ですから、置いて、いってください。ふたりで、逃げます」

「ウォルト、くるぞ！」

巨大な拳が地面に振り下ろされる。衝撃をさけたところで、またリラが叫んだ。

「あ、あいつの目的は私達でしょ!? 私達を、置いて、いけば──」

「震えてるくせに何言ってるんだ！」

「手伝いましょうか？」

不意に背後から声がかかった。ひっとリラが息を呑んだが、ウォルトは舌打ちする。

外道魔道士のご登場だ。

「恩を売るタイミングを狙ってたな」

「人聞きの悪い。消火の準備をしてたら、ウォルトさんたちが頑張ってらっしゃるのをたまたま見かけただけですよ」

「エレファス、彼女を頼む」

もう一度ルヴァンシュ伯爵を蹴飛ばし、距離をとったところで、着地したカイルが呼びかける。ヴィオラは宙に浮いたままの魔道士の姿に目を白黒させていた。

ふわりとカイルのかたわらに降りたエレファスが笑う。

「はい、まかされました。ウォルトさんにも素直に頼られたいなあ、俺」

「よく言うよ、悪徳高利貸しな魔道士のくせに。――まかせた」

「うーわー。まあ、いいですよ」

「あ、あの……?」

芝生の上におろしたリラがエレファスを不安げに見る。にっこりとうさんくさくエレファスが笑った。

「ではこちらに、お嬢さんがた」

「でも」

「大丈夫ですよ。かっこよく倒すと思います、おふたりで。俺と違って実戦面で優秀な方々ですから、ねえ。――っと」

嫌みに言い返す前に、地面がゆれた。どんどん巨大化していくルヴァンシュ伯爵が花壇を踏み潰して、立ちあがる。

「逃がさ、んぞ」

真っ青になったリラとヴィオラが身をよせあう。きっとそうやってこのふたりは生きてきたのだろう。

「お前らは、私のものだ。こんな、どこの、馬の骨ともわからん輩になど」

「どこの馬の骨ともわからないとか、失礼だな」

「まったくだ」

だからその前に立ちはだかる。それを見おろして、ルヴァンシュ伯爵が笑った。

「勝てると思うのか、ただの人間が、魔香で強化した私に！　魔王とて敵では」

「あーはいストップ。うかつなこと言わないでくれる？　くるから、ほんとに」

「こさせるわけにはいかない。それが俺達の仕事だ」

「そうそう、どこの馬の骨でもないしね。なんてったって魔王の護衛だ」

魔銃の撃鉄を起こせ。そのために自分達はここにいる。

「カイル・エルフォード。我らが主の名のもとに」

「ウォルト・リザニス。我らの誇りにかけて」

左右対称に並んだふたりの銃口から、銀色の弾丸が飛び出た。

ウォルト・リザニス。それが本当の彼の名前だ。

やっと知ることができた名前を、リラは胸に刻み込む。同時に、その立場も呑みこんだ。

(皇帝陛下の寵臣じゃないの……！)

オベロン商会の調査員どころではない。皇后陛下の腹心と名高いアイザック・ロンバールよりも大物ではないか。

屋敷からほとんど出られなかったリラだが、今代の皇帝陛下が魔王であること、かつて廃嫡された経緯から臣下を厳選していることは聞いている。特に自分の身辺につける護衛は、ドートリシュ宰相の進言であっても取り付く島もないそうだ。

魔王の護衛。彼らがそう名乗るのは、あくまでクロード・ジャンヌ・エルメイア個人に忠誠を誓っているからだと聞く。貴族でさえない彼らだが、その発言も行動も無視できない。彼らが皇帝の目であり、耳であり、手であり、足であるからだ。

「さ、あなたがたはこちらに」

柔和そうな顔立ちをした淡い金髪の青年にうながされた。はっとそれでリラは我に返る。

「あの、でも、大丈夫なんですか……⁉」

かつての背丈の二倍に膨れ上がった叔父はもはや人間とは思えない。ヴィオラの作った魔香の力だろう。ヴィオラも青ざめた顔で、青年に訴える。

「あれは強力な魔香です。持続性も段違いですし……解毒剤も燃えてしまって……」

「あのふたりを心配してる場合ですか？　あなたがたは容疑者ですよ。今なら相手は俺ひとりです。逃げようとは考えないんですか？」

悪戯っぽく尋ねる瞳の奥に糾弾を感じ取って、リラは叫ぶ。

「逆よ！　さっさと私を捕まえにきたら、こんなことにならなかったのよ！　魔香に気づいてたのに私を無駄に泳がせてたってことでしょ⁉」

「いいえ、リラよりも叔父の目的は魔香を作れる私です！　私を叔父に差し出してください。そうすれば策や兵を用意できる時間があるはずです」

「なるほど」

呑気に相づちを打つ青年から、笑みが消えた。

「つまり、我らが皇帝陛下が、たかが小娘ふたりに踊らされるような愚かな御方だとそう言いたいわけですか」

勢い込んで訴えてしまったリラとヴィオラは、冷たい眼差しに背筋を震わせる。だがそれは一瞬のことで、青年の顔にすぐに優しい笑みが貼りついた。

「心配ならここで見てます？ 俺が守ってれば怒られないでしょうし」

「い……いいん、ですか」

どう考えても自分達が邪魔なのはわかっている。おずおず確認するリラに、青年が頷いた。

「ええ、どうぞ。強いですよ、魔王の護衛は。ただ、ちょっと刺激的だと思いますけど」

「どういう意味――」

尋ねる前に目の前にちぎれた腕が落ちてきた。叔父の腕だ。切り口の神経なのか筋肉なのかわからない部分がうごめいている。

声にならない悲鳴をあげてリラはつい姉に抱きつく。抱きつかれたヴィオラも、息を止めて真っ青になっていた。

そんなふたりをにこやかに眺めながら、青年が嘲笑うように言う。

「お嬢さんがた。魔王の手から逃げるなら、今のうちですよ」

「逃げないわよ！」

反射で答えたリラは唇を噛む。ヴィオラもリラの手を握り返して、真正面の戦いから目をそらさず、震える唇を動かした。

「わ、わた、私達が、しでかしたことですから……！」

それは頼もしいと、性格の悪い青年は挑発的に笑った。


放った銃弾は軽々とよけられた。魔香でどこまで人間の運動能力が飛躍するかは個人差が大きいが、三階から着地して無傷な頑丈さ、銃弾をよける速度、諸々換算するにルヴァンシュ伯爵は相当魔香との相性がよかったのだろう。

実際、ウォルトとカイルのふたりがかりの攻撃も難なくよけている。

「いやあ、伯爵より名もなき司祭のほうが適性あったんじゃない？」

「適性もあるだろうが、大きな原因はルヴァンシュ伯爵家の所持する魔香が、従来の魔香より強力だからだ」

「そりゃ初耳。ヴィオラちゃんはそっち方面の才能が本当にあるってことかぁ――っと」

ルヴァンシュ伯爵が庭にあった木を引き抜いて投げてきた。ひょいとそれをよけると、忌々しそうに舌打ちされる。

「ヴィオラは、私の、ものだ」

体は二倍にふくれあがっているが、まだ会話できる思考能力も知性も残っている。

(普通こうなったら、奇声をあげてるだけなんだけどねえ)

「あれは、私の、妻になる女だ」

ルヴァンシュ伯爵の顔には、にたにたと下卑た笑みまで浮かんでいる。

「リラも、私の、ものだ。毎晩、かわるがわる、かわいがってやった。しつけてやった」

挑発しているつもりらしい。なるほど、新種の魔香はなかなかおそろしい。横にいるカイルに忠告する。

「キレるなよ」

「どこに怒る要素がある」

完全に目が据わっているうえに、冷気を帯びた口調でよく言う。かく言う自分も、おそろしく頭が冷えて殺意のみで動く兵器になれそうだが。

「うらやましいか。ねたましいか。私の姪は、美人だからなあ！　一晩くらいなら、かしてやるのに！」

「ただの中年男の憐れな妄言だ。貸す耳などない」

まったくもって相棒の言うとおりだ。

ふたりで同時に地面を蹴った。まっすぐ向かってくるふたりを嘲笑うように、質量からかけはなれた跳躍力で飛んだルヴァンシュ伯爵は、燃えさかる屋敷の壁に手をかける。そのあとをウォルトの銃弾が追いかけたが、手で受け止められてしまった。

「聞いたことがあるぞ、魔王の護衛。名もなき司祭。だが今や、私の相手ではない！」

ルヴァンシュ伯爵の手からつぶされた銃弾がこぼれ落ちる。魔銃はきかない。ルヴァンシュ伯爵が高笑いする。

「旧式が、私に勝てるとでも!?」

言ってくれる。静かに笑みを浮かべたウォルトは魔銃をかまえなおした。

「あまり調子にのるもんじゃないよ」

「何を」

ルヴァンシュ伯爵の笑みに影がかかった。上空からルヴァンシュ伯爵の腕をつかんだカイルが、軽々とその腕をあり得ない方向にねじってまげ、引きちぎる。飛んでいった自分の腕にルヴァンシュ伯爵が悲鳴をあげた。

「わ、わた、私の腕!」

「腕がちぎれたくらいで動揺するな。痛覚は遮断できるだろう」

冷徹に言い放ったカイルが、そのまま回し蹴りをルヴァンシュ伯爵の首に叩き込む。

「腕は自分で拾いに行け」

「新人教育かよ」

笑ったウォルトは、まっすぐ自分のほうへ飛んできたルヴァンシュ伯爵の残った腕をつかみ、引きちぎる動作でそのまま地面に叩きつけた。

両腕を失って仰向けのまま、起き上がることもできないルヴァンシュ伯爵の胸を踏んづけ、銃口を口に突っこむ。

「大丈夫、痛くない痛くない」

「ひゃめ、はめ」

「まあ死ぬけどね。――ばん！」

引き金を引くふりをすると、そのまま白目をむいてルヴァンシュ伯爵が気絶した。

銃口から唾液を振り落とし、ウォルトは立ちあがった。その横にカイルが戻ってきて吐き捨てる。

「気絶か。あっけない」

「素人さんにプロがふたりがかりだよ。評価が手厳しすぎるでしょ」

「魔王とも戦えると豪語した相手にか？　再生能力くらいそなえてから言え」

手厳しい評価をしておきながら、カイルは踵を返すなりヴィオラに気づいて固まった。

いい悪い以前の問題として、世間知らずのご令嬢のふたりには刺激が強すぎただろう。

だが脅えられてもしかたない。これが自分達の仕事で、自分達の力でもある。

カイルよりは幾分か覚悟を決めていたウォルトは、わざと陽気にリラに片手をあげる。

「やあ。無事で何より」

「ぶ、ぶじ……そ、そう。あなたは、ぶじ、なの、ね？」

震えた声で返ってきた言葉は、ウォルトを案じる言葉だった。思いがけない返答に、ウォルトは立ち尽くしてしまう。

真っ青になっているリラの横で、ヴィオラも震えながら何度も頷く。ヴィオラの顔色はもう青を通りこして白だ。

「よかっ……た、よかった……ごぶじ、で……ぶじ……」

ふっと意識を失いかけたヴィオラをリラが慌てて支える。そうしてそっくりの姉妹はそのまま地面にしゃがみ込んで、互いに手を合わせて祈るように身を寄せ合った。

「よかった……」

怖くて立ってもいられないくせに、それでもよかったとウォルトとカイルの無事を喜んでいるのだ。ふたりを背後から見守っていたらしいエレファスが、肩をすくめる。

「おふたりが動かないって言ったものですから。俺は悪くないですよ」

「……わざと見せたな」

にらむカイルに、エレファスが笑い返す。

「俺がまるで性格がとても悪いみたいじゃないですか」

「まるで性格が悪くないみたいに言うな。……ったく……」

ふたりとも完全に腰が抜けている。これは運ばねば移動できまいと思ったそのときだった。ちぎれて落ちていたルヴァンシュ伯爵の腕が動いた。ひっとリラたちが震え上がり、エレファスも瞳を細める。ウォルトとカイルは反射的に銃をかまえて、振り返った。

触手のように腕をつなげたルヴァンシュ伯爵が、ゆらりと起き上がる。腕が折れ曲がったままの奇妙な動きだ。

「お前が再生能力とか教えるから！」

「教えたわけじゃない！」

ぎょろぎょろと動き回った白目が、ぐるんとひっくり返ってウォルトとカイルを見据えた。

泡を吹いた口端が、にたりと持ちあがる。

「きゅ、きゅキュキュキュ旧式、どモ、が――！」

ただでさえ二倍に膨れ上がっていた体積が、つながった腕のサイズに合わせるように膨張していく。魔香の効果が暴走し出しているのだ。大きくなっていく影に舌打ちしたウォルトは、背後に向けて叫んだ。

「エルファス、ふたりを連れて行け！」

「周囲を封鎖しろ、俺達が抑える！」

「はあ、いいですけど」

「何を呑気な」

「だってほら」

一瞬八つ当たりしかけたウォルトは、エルファスに顎でしゃくられた先を見て、カイルと一緒に固まった。

膨れ上がっていくルヴァンシュ伯爵の体は屋敷の二階分ほどの大きさになっていた。

だがそのさらに上。ルヴァンシュ伯爵の頭上にある影は。

「殺してやる！　私の邪魔をする者はすべて、たとえ魔王であってもだ！」

「そうか。だがもう僕は飽きた」

ぎょろりとその目が頭上を見たときには、もう勝負はついていた。

魔王の靴先がルヴァンシュ伯爵の頭上に落ちる。その瞬間、ルヴァンシュ伯爵の巨体が沈んだ。マントを翻した瞬間に、その姿までかき消える。どこぞに飛ばしてしまったのだろう。

「時間をかけすぎだ」

何も障害などなく地面に降り立っただけのような顔で、クロードが言う。幻のようにかき消えてしまった恐怖に、リラたちが口をあけてほうけている。本当の恐怖は知覚もできないといういい証拠だ。

はたしてルヴァンシュ伯爵は魔物達のおもちゃにされるのか、どこぞに閉じこめられたのか。

それもこれもすべて魔王の心持ちひとつ。

それが恐怖でなくてなんなのか。

もちろん、ウォルトとカイルを含めたこの場の全員の処遇も、さわやかに笑う魔王の心持ちひとつで決まる。

「それで、僕の可愛いウォルトとカイルをたぶらかした女性はどこに？」

だがそのあたりが限界だったのだろう。魔王の視線が向く前に、悲鳴ひとつあげないまま、リラとヴィオラは失神していた。


「本当にそっくりだな」

応接室にリラとヴィオラが入るなり、感心したように皇帝が言った。皇帝と同じソファに腰かけた皇后がにこやかに目の前の席を指し示す。

「どうぞおかけになって、ふたりとも。公的な謁見ではないから、気楽にね。挨拶もなしでかまわないわ。ドレスのサイズは大丈夫？」

「は、はい。有り難うございます」

リラが無礼を働いたときもそうだったが、皇后陛下は優しい眼差しを崩さない。だがそれだけの人物でないことなど、目を見ていればわかる。油断はできない。

（お姉様を、守らなくちゃ）

丸一日眠り続けて、皇城で目をさましたリラとヴィオラを待っていたのは食事と治療、そして湯浴みだった。皇后付きの女官達にふたりそろって広い浴室に放りこまれ、磨き上げられたのだ。優秀な女官達だというのは手際のよさと、リラの体の傷を見ても顔色ひとつ変えないことで知れた。

化粧水と乳液を塗り込まれたあたりから、罪人ではなく客人扱いなのを怪訝に思い始めた。

だが理由には心当たりがある。

姉が作った魔香と解毒剤だ。屋敷は燃え落ちてしまった。処方箋は姉の頭の中か、リラが屋敷の外に隠したものしかない。

会話は交わさずとも、姉も同じことを思っているだろう。

きっちり用意されたドレスと装飾品一式を見て、それは確信に変わった。皇帝陛下に謁見させるために身支度をさせられているのだ。

もちろん、拒む権利などリラたちにあろうはずもない。理由もない。たとえ自由になったわけではなくとも、叔父という脅威は去り、ふたりでこうして客人扱いを受けている——これは破格の待遇なのだと、言われずともわかる。

それでも皇帝陛下が何を考え、この先リラたちをどうするつもりなのかまではわからない以上、身構えるのは当然だった。リラは叔父がどうなったのか、現状も一切知らないのだ。

もしウォルトがいてくれれば少しは安心できたのかもしれないが、それは甘えというものだろう。彼はここにいない。リラの容疑を固めて拘束するまでが仕事だったのだろうから、当然だ。隣にいるヴィオラも少しだけ部屋を見回して視線を落としたが、すぐ顔をあげて、背筋を伸ばした。

「何からお話しすればよいでしょうか」

「特にないが」

素っ気なく皇帝が答えた。まばたいたリラとヴィオラの前で、皇后が呆れた顔をする。

「クロード様。意地の悪いことをなさらないで」

「僕はそのまま言っただけだ」

「ごめんなさいね。すねてらっしゃるのよ」

怒っている、ではなくてか。はぁと相づちを返しそうになるのを慌てて堪えた。

いくら公的ではないと言われても、皇帝夫妻の前だ。

「心配しなくても大丈夫よ。大体の事情はウォルトとカイルから聞いたわ。ルヴァンシュ伯爵からも証言が取れればいいんでしょうけれども、あの状態でしょう。しばらくはこちらで身柄を預かることになります」

「――もしお許し頂けるなら、解毒剤を私が作ります」

「有り難う。でも、あなたがたの提案をそのまま鵜呑みにするわけにはいかないのは、おわかりね?」

こくりとヴィオラは頷く。リラも黙ってそれを受け止めた。

「こちらとしては、困っているのはどちらかと言えばあなたがたの処遇なの。だからあなたたちの話を直接聞きたくて、呼んだのよ」

「私が死んでいることならば、それでかまいません。そのままお仕えすることもできます」

「お姉様!」

「ですからどうか、リラだけにはご慈悲を」

頭をさげるヴィオラに、リラは慌てて訴える。

「いいえ、皇后陛下。姉はお役に立てます。だからどうか、姉に新しい人生を与えてください。リラ・ルヴァンシュ伯爵令嬢がすべての罪をかぶります。それで問題ないはずです」

「リラ」

「落ち着きなさいな、ふたりとも。わたくしたちは――」

「ウォルトとカイルはこんな女性のどこがよかったんだ?」

冷たいひとことに、リラもヴィオラも思わず凍り付いた。溜め息を吐く皇后の横で、長い脚を組み直した皇帝が小馬鹿にしたようにふたりを眇め見ている。

「ふたりとも、自分達のことばかりじゃないか。そんなにどちらかひとりが助かるだけでいいのなら、くじでも引いて決めたらどうだ」

とんでもない発想に、リラもヴィオラも言葉をなくす。皇帝の態度はもはや皇帝というより魔王に近い。

困ったようにその妻がその手に手を重ねる。

「クロード様。そんな話をしたら混乱させてしまいます」

「僕の知ったことではない。――どちらが魔香をウォルトに渡した？」

覚えがなく眉をひそめるリラの横で、ヴィオラが小さく答える。

「……私です」

「お姉様、そんなのいつ」

「あなたが風邪をひいたときよ。決定的な証拠があれば、動いてくれるだろうと思って……」

「そうだ。君がそうしたことで、僕の護衛は僕の命令を破った」

ぎょっとしたのはヴィオラだけではない。リラも同じだ。

「ど、どうしてそんなことを」

「君達を――リラ・ルヴァンシュを信じたからだろう。悪い人間ではないはずだと。どうやってたぶらかしたか知らないが」

言いがかりだといつもなら反論しただろう。だがリラは呆然と聞くことしかできない。

ヴィオラのほうが必死だ。

「わ、私が彼を勝手に巻きこんだのです。リラは何も」

「そう。そして君は、叔父を歌劇場で刺そうとした。カイルの前で」

ぎょっとしたリラの前で、ヴィオラがはたかれたように黙る。

「もしあそこでルヴァンシュ伯爵が死ねば、皇帝である僕の近くに刃物がくることを許したとして、カイルも護衛としていらぬ責めを負うところだった。そういうことを、今からでも考えることはできないのか？」

「……」

「僕の護衛がどれだけ走り回ったか、心を砕いたかも考えず、口を開けば姉を助けろ妹を助けろと。不愉快だ」

ヴィオラがうなだれる。リラも両肩を落として、唇を噛んだ。

ウォルトが自分に近づいたのは間違いなく魔香売買の一件を調べるためだ。叔父が見合いを申し込んだアイザック・ロンバールの名前を使ったのは、こちらを油断させるためだろう。そうして調査に入ったウォルトは、姉に魔香を渡されて、どんな形であれ魔香売買にリラが関わってるという確信を持ったはずだ。

なのに、捕まえなかった。それが怠慢でないことは、今の皇帝の口ぶりで知れた。

きっと、何か事情があるはずだと、走り回ってくれたのだ。リラが諦めた、叔父の一件を明かそうと。

「クロード様。言い過ぎです。彼女たちは限られた手段の中で、できる限りの選択をしたとわたくしは思います。それに、罪を犯した自覚があるのです。まず互いを心配するのは当然ではなくて？」

皇后にたしなめられて、皇帝は肩をすくめた。

「だがこれくらい言わねば、自覚すまい」

「だとしてもです。彼女たちの境遇をきちんと勘案して発言してくださいな。でないと、某新人女性官吏が徒党を組んでストライキを起こしかねません」

眉をひそめた皇帝が、ふいと視線を遠くにやる。

「面倒そうだな、それは……」

「──クロード様がごめんなさいね、ふたりとも」

そう言って向けられた皇后の微笑は美しかったが、目は笑っていなかった。

「でも、これだけは言っておきます。自分を助けられない人間は、誰も助けられないわよ」

「……それは……どういう意味なのでしょう」

「あなたがたの処遇は、あなたがたの弁明にかかっているということよ。ウォルトとカイルの処遇もね」

さっとヴィオラの顔から血の気が引いた。リラも頭が真っ白になる。互いに互いの手をつかんだ。でもそれだけではたりない。

「あ、あのふたりはちゃんと仕事をしてました！　私は――」

「そんな」

「いつもの執務室じゃないとか嫌がらせか！」

「クロード様、俺達をだましましたね!?」

突然、扉があくなり怒鳴り声が飛んできた。見知らぬ格好をしたウォルトの姿に、リラはつ
いまばたく。いつもの紳士服ではない。軍服に近い正装だ。

「どういうことです、執務室で報告を聞くからって言いましたよね!?」

「誰だ謁見をばらしたのは。エレファスか」

「キース様です。なぜクロード様を信じるのかという有り難いご指導を頂きました」

「……」

なぜか一瞬で皇帝が口をつぐんだ。つかつか歩いてきたふたりがそろって皇帝にすごむ。

「それでどういう状況ですか、今！」

「余計なこと言ってませんよね？　話を余計にややこしくしてませんよね!?」

「くじでどっちを助けるか決めようという話をしている」

「なんでそんなことになってんですか！　俺の報告書どこやった！」

「クロード様。俺も報告書あげましたよね、どこやったんです？」

あまりに怖い物知らずな状況に、リラのほうがはらはらしてきた。あまり物事に動じないヴィオラも珍しくおろおろしている。

「分厚かったから読むのが面倒……」

「じゃあなんで報告書書かせたんですか、嫌がらせですか！」

「ウォルトのはともかく俺のまで放置はどうなんですか！」

「エレファスのは読んだ」

「「よしよくわかった」」

何がわかったのか、そっくり同じ言葉を言い放って、まずカイルが跪く。

「では俺から申し上げます。口頭で！　三時間くらい！」

「本気か……」

「なら俺が簡易な結論だけで一瞬ですませてあげますよ。クロード様。彼女たちは──」

「まっ待って！」

気づいたら声をあげていた。ウォルトとカイルが振り向き、皇帝が胡乱気に目を向ける。

ひるみそうになったが、踏ん張った。

「……は、発言をお許しいただけますか、皇帝陛下」

「どうぞ。ウォルトやカイルのお説教より面白いなら聞こう」

ウォルトもカイルも、迷うように視線を交互させている。それだけで彼らが何を皇帝に奏上しようとしたのかわかる。

考えろ。これ以上かばわれるわけには、助けられるだけでは終われない。

この皇帝が望むものはなんだ。くじで決めるなどと平気で言い出すのだから、姉の能力にも大して興味がない。自分などさらに価値がないだろう。

（どこにならい心を動かしてくれるの。この皇帝は何に一番、腹を立てていた？）

姉の手を一度だけ強く握った。姉が握り返した。それだけではたりないのはもう、わかっている。

だからその手を互いに離し、唾を飲みこんで、前を見据えた。

「私達には、利用価値があります」

「どんな？」

「まずご承知のとおり、姉は魔香が作れます。魔香は有害。そのように皇帝陛下がお考えになるのは当然でしょう。ですが姉は、解毒剤も作りました。使い方を誤らなければ、毒も薬になる証拠です」

「レシピさえ手に入ればいい」

「いいえ。最も価値があるのは、作り出した姉の能力です。それを失うのは大きな損失になると、おわかりになるはず」

少しだけ皇帝が顔をこちらに向けた。だがまだ目は冷め切っている。

ひるむな、交渉ははったりだ。興味を引けただけで十分だと、リラは胸を張る。

「私達は散々叔父に搾取されてきた身です。ここで新しい人生を約束してくださったなら、姉妹そろって皇帝陛下に忠誠を誓うでしょう。そもそも姉に野心などない。ずっと薬を作って遊んでいれば幸せなひとです」

「なるほど。では君は僕の役に立つのか？」

何か言おうとした姉を制した。この皇帝は姉の価値も大して高いと思っていない。当然の反応、当然の質問だった。

だからここからが、リラの闘いだ。

「もちろん私も、お役に立てます。叔父の魔香売買ルートを確立したのは私ですから。帳簿にもない魔香売買の仲介人、売買先、すべて頭に入ってます。その中にはもちろん大物貴族もおります」

目を細めた皇帝に、リラは続ける。

「何より、私を生かせばルヴァンシュ伯爵家の扱いに困らないはずです」

「どういう意味だ？」

「私も姉も、もしできるならルヴァンシュ伯爵領に逃げるつもりでした。私はその用意をしておりました」

何かあったときのために姉にさえ隠していたことだ。脚を組み直した皇帝に、リラは自分のできる限りで優雅に微笑んでみせる。

「叔父はこちらでは人のいい伯爵でしたが、遠く離れた領地では横暴な嫌われ者です。何せ叔父は湯水のように金を使うのに立て直しだと税をとっていく。領地は荒れ放題、領民は飢え死に寸前なのですから当然でしょう。私達の両親を殺したのは叔父に違いないと皆が思っております。聡明な皇帝陛下でしたら、その意味はおわかりでしょう」

「……領民は君達、いや君の味方か。下手に罰せば反乱が起きる」

「ただでさえ、領民は皇室を信用しておりません。六年前、私達の両親が死んだあの事故で叔父を信任したせいです。ついでに姉が作った魔香の唯一のレシピがどこにあるかも、想像して頂けると助かります」

冷たく言い放っても皇帝は眉ひとつ動かさず、ただソファの肘掛けに頬杖を突いて話を聞いている。

「ですが、私は皇帝陛下にすべての秘密をあかすつもりはございません」

「ほう？　それはなぜ？」

「信用ならないからです。今まで教会の言いなりで、私達のことなど見向きもしなかった皇室なんて」

皇帝がまばたいた。逆にウォルトとカイルが顔を青くする。少し胸がすっとした。

「いい度胸だ。では危険分子である君をどうしたものか」

皇帝は楽しそうに口端を持ち上げた。その隣の皇后も、優雅な笑みを一切崩さない。そういう夫婦なのだ。

だから堂々と、リラは交渉のテーブルにのる。

「ですが、私を助けてくださったウォルト・リザニス様になら」

この皇帝がほしいのは寵臣の功績だ。

「すべて告白致します。魔香のレシピの在処も、魔香売買に関わった貴族たちの名もすべて」

だから姉のために自分のために持っていた手札をすべて、彼に捧げよう。

「……では、カイルには何を用意できる？」

「叔父の魔の手に囚われた悲劇の令嬢を救い出した、騎士の誉れを」

カイルがぽかんとしたあとで、慌てだした。

「お、俺ですかクロード様？　俺は別に」

「さがっていろ、カイル。ヴィオラ嬢は公衆の面前でルヴァンシュ伯爵を刺そうとしている。悲劇の令嬢とはとても思ってもらえなそうだが」

「それはリラ・ルヴァンシュ伯爵令嬢が——私がしたことです。どうせ既に汚れた名前です。使えるだけ使ってください」

「立派なことだ。だが、君の姉はどう言うかな？」

はっとリラはヴィオラを見た。だが合わせ鏡のようにそっくりの顔をした姉は、自分よりも優雅に微笑む。いつだって。

「立派でしょう。私の誇りです。この子はきっとお役に立つでしょう。ええ、薬を作るしか能のない私よりもよほど」

「では、君はやはり妹を救え、と？」

「ところで皇帝陛下、私は珍しい、女性の薬師だという自覚がございます。今後、皇后陛下に必要だとは思いませんか？」

ぱちりと皇帝がまばたいた。皇后が苦笑いを浮かべる。

「そうね。わたくしには今のところ、女性の薬師も医師もいないわ」

「これから御子も宿されるであろう大事な御身のためならば、皇帝陛下はひとつふたつの些事など見逃してくださるのではないでしょうか？　皇后陛下への深い愛のために」

「なるほど、なかなかいいところをつく」

　脚をほどいて、皇帝が立ちあがった。

「――いいだろう。君達のことはせいぜい後始末に利用させてもらう」

　過剰反応したのはウォルトだった。

「クロード様、待ってください。彼女達はまだ十六歳です！」

「そうです、彼女達に必要なのはまず保護です！」

「かまいません。魔香を売ったときから、まっとうな道に戻れないのは覚悟の上です」

「私も、魔香を作ったときから過剰な望みは抱いておりません」

　ウォルトとカイルが苦いものを呑まされたように口をつぐむ。その顔に、胸がとても痛くなった。申し訳なさと、嬉しさで。

　悪いことをしてはいけない。それはなぜか。自分を想ってくれるひとを悲しませるからだ。

　頭をさげる姿でさえ、きっと貴方を傷つけている。

「助けてくださって有り難うございました」

「私からも感謝を、皇帝陛下。もし私の力がお役に立てるのであれば、存分に」

　ヴィオラもそろって頭をさげる。今更であっても、そうできるのが嬉しかった。

きっと姉にもリラとおなじ景色が見えている——自分達は、自分達以外の誰かに助けたいと思ってもらえたのだ。

「君達はこれまで、大人から受けるべき当然の庇護を受けられなかった。それを一度も言い訳に使わなかったな」

それは大人のひとの声だった。リラは顔をあげる。

皇帝は微笑んでいた。今まで見てきたどの大人達よりも、優しく。

「よく頑張った。悪いようにはしない。君達はこの国の、僕が守るべき民だ」

ああ、このひとがウォルトが跪く主君か。

胸をついたその事実に、リラもヴィオラもそろってもう一度頭をさげた。

出立にふさわしい快晴だった。まだ肌寒いが、水平線まで見渡せるほど空も海も青一面に染まっている。

留学生達を乗せる客船は、なかなか大きな船だった。乗船は始まっており、周囲では別れと激励の言葉が飛び交っている。そのせいで、カイルはただの見送りにきたような気分になってきた。だが、大きなつばの帽子をかぶった監視対象はすぐに見つかった。

大きな鞄をあぶなっかしく持っているヴィオラは、数度目の荷物の点検を妹から受けているところだった。

「よし、忘れ物はないと」

「大丈夫よ。リラったら心配性なんだから」

「だってお姉様だもの！　ひとりで知らない国で研究なんてできるの？　ほんとに？」

「大丈夫よ」

おっとり微笑んだ姉に、しっかり者の妹はしかめ面をして――それから感極まったように抱きついた。

「調合に夢中になって、ご飯を食べるのを忘れないでね。きちんと起きて、寝て」

「そこまでうっかりしてないわ」

「転ばないように気をつけて」

「そんなことまで心配するの？」

「するわよ、だって生まれてから一度だって長く離れたことないのに」

「大丈夫、あなたを信じてるわ。きっと数年だけよ」

そう妹をなだめているヴィオラの目尻にも光るものがある。

本当に仲のいい姉妹なのだ。その別れに、見ているカイルのほうがつらくなる。

だが、これは彼女達が選んだ道だ。そしてクロードが与えた新たな人生だ。

リラ・ルヴァンシュの告発と、既に死んでいたはずのヴィオラ・ルヴァンシュの存在は連日新聞にも取り立てられている。果たしてこの双子の言うことは事実なのか、ルヴァンシュ伯爵の釈明は嘘なのか、世間はいらぬ憶測と推理で賑わっている。その中でもヴィオラは叔父に囚われ魔香を作り続けた危険な少女として、注目をあびていた。

だが彼女は騒動の責任をとるため伯爵家の継承権をエルメイア皇室に返還し、姿を消す。無事ルヴァンシュ伯爵家を立て直し名誉を取り戻した妹が、姉をさがしだすまで――それが、アイザックの書いた筋書きだ。

実際には、彼女は隣国アシュメイルの留学生として渡航する。魔香の知識がないアシュメイルのために――正確にはエレファスの結婚でできた聖具の知識提供の借りを返すために――アシュメイルの大学で、薬学を研究するのだ。

なぜ普通に留学ではなく、エルメイアから姿を消すという迂遠な筋書きになったのか、カイルは今ひとつわかっていない。だがアイザックに「自分で消えたほうが戻ったとき危険人物だって疑われない、何より魔王様が自然消滅を期待しておとなしくなる」と言われて、引き下がった。ヴィオラに対する不信の目は日に日にひどくなっているのは事実だし、何よりクロードの不興を買わないことは大事だ。

何せクロードは最近「エレファスもウォルトも僕を裏切った。カイルまで裏切ったらただではおかない」などとつぶやいている。本気ではないと信じたいが、あの魔王は何をしでかすかわからないので、注意するにこしたことはない。

「案外、楽しめると思うの。色んな薬を作るんだもの」

「……そうね、お姉様だもの。手紙だって書くのを忘れちゃうわよね」

ヴィオラ・ルヴァンシュは姿を消す。だからこの先、ふたりは再会するまで直接連絡をとることはできない。手紙のやり取りも、必ず誰かを経由することになる。

「そうよ。それにリラが迎えにきてくれる前に、戻っちゃうかも」

そしてクロードはヴィオラの帰国許可に、もうひとつ条件を提示した。それはエルメイアで役立つ大きな研究成果を持って帰ってくることだ。ヴィオラは妹を待たずとも、ヴィオラ自身の努力で帰ってこられる。

「なら、競争ね」

「ええ、競争よ」

リラがルヴァンシュ伯爵家をクロードの望みどおりに立て直すか、ヴィオラがエルメイア皇国に貢献できる研究結果を持って帰るか。どちらかひとつだけでも達成すれば、またこのふたりは一緒に暮らせる。

何かの合図なのか、額を合わせてふたりが目を閉じる。きっと、互いにその未来を信じて進むのだろう。

だからふたりは、カイルが出航時間を切り出す前に、離れた。

「いってくるわね、リラ」

「いってらっしゃい、お姉様」

「持ちます、荷物」

彼女の細腕が大きな旅行鞄を抱えるのはどうも見ていて危なっかしい。地面に置かれた鞄を取ると、ヴィオラが苦笑いのような困った笑みを浮かべた。――彼女は自分を見るとき、こういう顔になる。

「有り難うございます。すみません、お待たせして」

「仕事ですので、お気になさらず。あなたとリラ嬢の区別が、他の人間にはなかなかつかないようなので」

だからヴィオラが逃げ出さず船に乗るか、カイルがお目付役でくることになった。淡々と告げるカイルに、ヴィオラは苦笑いを濃くし、リラは頭痛をこらえるような顔で言う。

「初めてのまともな会話がそれってどうなの……なんか他に言うことないの……」

「リラ」

「だってこのひと、お姉様が言ってた庭で会った魔法使いなんでしょ？」

「お時間を頂いていいなら、今後について少しお話をさせていただいても？」

リラとヴィオラの別れを邪魔してはいけないと待っていたのだ。

突然口をはさんだカイルに、リラがまばたき、ヴィオラが表情を引き締める。

「はい。なんでしょう、皇帝陛下からでしょうか」

「いえ、俺個人の話です」

カイルは自分の懐をまさぐって、小さな四角い箱を差し出した。ぱちりとまばたいたヴィオラの綺麗な指が、そっとそれに伸ばされる。

「俺と結婚してください」

その指の動きが止まった。固まったヴィオラの横で、リラが目を剝いてこちらを見ている。

こんなに表情が違うのに、どうして同じ顔だというだけでこのふたりの区別がつかないのか、カイルにはわからない。

「初めて会ったとき、あなたを妖精だと思いました」

「……」

「次に会ったとき、あなたは人間でした」

「……。すみません、お話が、よく……」

「だから俺は後悔したんです。妖精だから、手の届かない存在だからと、あなたを知ろうとしなかったこと。助けられなかったこと。――今回、あなたを助けたのはウォルトだ」

ヴィオラが箱からカイルに視線を移した。

「次は俺に、守らせてもらえませんか」

彼女の指は動かない。それでも焦りはなかった。

ふんわりと、彼女が困ったような笑みを浮かべても、なぜだか失意は浮かばない。

「……互いに名乗ったこともないのに？」

ああ、とカイルは素直にそれを受け取った。

そういえば次に会ったときは、名前を聞こうと思っていたのだ。

「気が急いてしまって。失礼しました。俺は、カイル・エルフォードと申します。――あなたは？」

「ヴィオラ・ルヴァンシュと申します」

取り戻した名前を誇らしげに彼女は名乗り、優雅で完璧な淑女の礼をした。

そしてあの月夜の庭で見たのと同じ甘い微笑みで、ハンカチを結んでくれた指で、小さな四角い箱を取る。

「喜んで、カイル様。私、あなたの妻になります」

二年後、ヴィオラ・ルヴァンシュ伯爵令嬢はエルメイア皇国に戻ってくる。

一度は魔香に手を染めたが、アシュメイルで神の娘と並ぶ癒やし手だと讃えられた聖女を皇帝の寵臣が口説き落として帰国の許しを得たという、ロマンスと一緒に。


「どうしてそうなった……」

呆然とした魔王の言葉は、執務室にいる誰もが抱く感想だった。

当の本人だけがわかっていないらしく、真顔で首をかしげている。

「どうしてと言われましても。そういうわけで結婚させてください」

「確かに、僕は言った。そう頼まれてみたいと。……だが……」

半ば呆然としたまま、クロードが意を決したように尋ねた。

「求婚、したのか」

「はい。指輪は受け取ってもらえました」

「詐欺ではなく」

「そのようなことをする女性ではありません。俺もそんなことはしません」

「今までヴィオラ嬢と会話をした回数は」

「先ほどが二度目です」

魔王が青い顔でふらりと背もたれにもたれかかる。さすがに気遣ったのか、キースがクッションを入れ直した。

「主。お気を確かに」

「……。だめだキース、理解できない。僕は現実が受け止めきれない……」

「まさかのカイルさんが予想の斜め上をいくとは」

エレファスが感心したような呆れた顔でつぶやく。ウォルトは肩をすくめた。

「こいつ極端なんだよ」

「なんだその言い方は。きちんと求婚してきちんと返事をもらっただけなのに」

「その前がおかしいんだよ。それで、ほんとにうまくいったのか？」

「いや……その。リラ嬢にものすごく反対されて」

曰く、信じられない。政略結婚だってもう少し考える。とにかくだめ、自分は認めないふざけるな云々——彼女が言いそうなことである。

「僕はリラ嬢を応援するぞ」

顔色を戻したクロードがつぶやいたのを聞いて、ウォルトは退散を決めた。

ここは混乱している間に逃げ出すべきだ——クロードは、カイルは自然消滅するかもと思ってウォルトの案件は見逃してくれたわけで。

「俺、仕事だから。お前のせいだろ、なんとかしろ」

「あ、ああ」

そっと耳打ちすると、カイルは馬鹿正直に頷き返す。

(こりゃ、クロード様を出し抜けるのは今回だけだろうな)

かく言う自分も、カイルは黙って見送るかもしれないと思っていたので、衝撃を受けている面々のことを笑えないのだが。

執務室から抜け出したウォルトは、古城の小さな応接間に向かう。非公式の打ち合わせなので古城を指定したのだが、魔物がうろうろする場所に彼女は脅えていないだろうか。

(いやいや最初から甘い顔したらだめだよな、うん)

自分はエルメイア皇国に残った彼女が、見事ルヴァンシュ伯爵家の立て直しをするまでの監視役だ。襟を正して、応接間の扉をノックする。中から少々硬い応答があった。さすがに強気なお嬢さんも、緊張しているらしい。

顔をのぞかせたウォルトにほっとして、照れ隠しのように怒り出す。

「ねえ、なんなのあなたの相棒！ いきなりお姉様に求婚したのよ、なんなの!?」

「あーまあでも、ヴィオラちゃんもオッケーしたって」

「お姉様もお姉様でどうかしてるのよ！ そういうとこがあるのよ！」

絶望的な顔で姉を糾弾したあとで、額に手を当てて苦悩を始める。

「ああもう、本当にお姉様、あんなので大丈夫かしら……指輪を眺めていて船から落っこちないかしら」

「そこまで心配する？」

「やりかねないのよお姉様は！　だって初めての渡航で、しかもひとりで」

勢いこんだ彼女がそこで何かを堪えるように黙る。

いつまでも姉に依存されていては困る。静かにウォルトは言った。

「お姉さんは大丈夫だよ、もう。君への人質でもあるけど、アシュメイルでは魔王の客人だ。聖王様は基本いい人だしね。カイルが本気なら、変な虫だってつかない」

「……そう、ね。まずは、お姉様のことより自分よね」

ぎゅっと拳を握ってから、リラはまっすぐウォルトに目を向けた。

「それで、どこにいるの？　早く会わせてちょうだい」

「誰に？」

「私の婚約者とは名ばかりの、監視役よ」

「ああ、それ俺ね」

にこにこしてしまうのは、彼女の反応が楽しみでしかたないからだ。

リラはぽかんとしたあと、うろたえて視線を泳がせながら、真っ赤になって怒鳴った。

「ど、どういうこと!?　冗談も休み休みにして！」

「だって俺にしか話さないって言ったの君だし。効率を考えると当然でしょ」

「そ、それは……でも、だって、こ、婚約って」

「俺はあいにく、カイルと違ってきちんと外堀を埋めてくタイプなんだよね」

少し前、アイリーンに教えてもらった。とりあえずつかまえて、愛を育むのなどそのあとでいい。

それが恋だ。

賢いリラは逃げ場がないことに気づいただろう。可哀想にぱくぱくと金魚のように口を開閉して、半分涙目になっている。

あんまりにもその反応が普通で、ウォルトは微笑む。

「初めまして、ウォルト・リザニスと申します」

胸に手を当てて、今まで一番紳士的に礼をした。

「リラ・ルヴァンシュ伯爵令嬢。どうか俺に、俺にこの気持ちを確かめる時間を与えてくださいませんか」

さあ、諦めず、逃げ出さず、まっとうに、普通の恋をしよう。

そして魔王を招いて、愛に溢れた結婚式をするのだ。

✦第三幕✦　夫婦の休日

皇帝夫妻の寝室から出てきたキースの姿に、ちょうど寝室へ向かおうとしていたアイリーンはまばたいた。

「まさか、クロード様はもう寝室にいらっしゃってるの？」

「ええ。アイリーン様をお待ちです」

「早いわね。何かあったのかしら」

皇帝に即位したクロードは仕事に忙殺されていて、アイリーンより遅く寝室に戻ってくるのが常だ。アイリーンの懸念に、キースはにこりと笑い返した。

「ほら、エレファスに続いてカイルとウォルトまで、ですから」

ああ、とアイリーンは納得してしまった。納得していいことかわからないが。キースはそれ以上何も言わず、頭をさげ、まかせたとばかりに去っていく。

キースのことだ。就寝前の準備もとい、クロードがおとなしく眠ってくれるまでの準備は万全だろう。使用人たちをさがらせて、アイリーンは寝室に入る。

クロードはテラス近くにある横長のソファに、気怠げに腰かけていた。ソファとそろいの猫脚の低いテーブルには、ワインボトル。長い睫を伏せてワイングラスを片手に溜め息をついている様は、大変絵になっている。だいぶクロードの美貌に慣れてきたアイリーンでも、ぶっちぎりの艶めかしさだ。

これを相手に寝間着姿は薄くて心細い。だが妻がおののくわけにはいかないと、アイリーンはそっと足を踏み出し、クロードの横に腰かける。

「部下たちの結婚が次々に決まって、すねてらっしゃる？」

「……別に」

素っ気ない回答も声音も、完全にすねている。呆れ半分にアイリーンは苦笑いを浮かべた。

クロードはキース以外でやっと得た人間の臣下をそれぞれ寵愛している。人材を用意したアイリーン自身、驚いたほどだ。

たったひとり信頼できる従者がいればいいと口で言うのは簡単だが、周囲の支持を得られず廃嫡されたクロードには、やはり埋められないものがあったのだろう。

「家庭を持ったからって、皆、クロード様をないがしろにしたりはしませんわよ。別枠です」

「どうだか。妻は偉大だ。どうせ妻の誕生日を優先して休ませてくれと言い出すんだろう」

「それはご自身の経験談？」

クロードは答えず、ワインをグラスからちびちび飲んでいる。

妻を目の前にしてこの態度。問題はあるが、たくさんの幸せを夫には持ってほしいと願ったのはアイリーン自身だ。

「でも、これで臣下の結婚式に上司として出席できましてよ？」

「……。結婚式で花婿を強奪してやろうか」

「面白そうなので見てみたいですけれど、まず結婚祝いと婚約祝いも用意しましょう」

「キースか君が用意すればいい。僕は知らない」

アイリーンは酔いのせいか少し赤いクロードの耳に、唇を近づける。

「どうせならふたりでこっそり、城を抜け出して買いにいきません？」

両目を開いた夫が、妻のたくらみを嗅ぎ取ってこちらを振り返る。

困ったひとだ。でも可愛いひとだ。きっとお互い、そう思っている。


その日から、夫婦の休日作戦が始まった。

「どうせなら恋人同士のように待ち合わせたいですわ、クロード様と」

「いいな、楽しそうだ。しかし僕は転移できるとして、問題は君の移動手段か……」

「レイチェルの目も厳しいですし……アイザックを餌にしましょうか」

「新婚旅行をすすめたら逆にあやしまれそうだな。オベロン商会の会長夫婦が出席しなければならない催しはないのか？　ないなら作ってしまうか」

「いいですわね！　その日を決行日にいたしましょう」

日時は決まった。

「わたくし、前日は実家に帰って準備をしますわ。そうすればレイチェルが安心して休みをとりますから。それに当日をわたくしが皇城に戻ってくる日にしたほうが、キース様たちもクロード様がおとなしく皇城で待つと油断するはずです」

「確かに。問題は追っ手だな」

「魔物たちは味方ですわよね。でも、エレファスは転移が使えるうえウォルトとカイルも普段から鍛えられて勘がいいですし……キース様に至ってはどう出し抜いたものか……後日も怖いですものねえ。今、皇城にはわたくしのお父様もお兄様もいらっしゃることを思うと」

「あのふたりなら面白がって僕らを放置するのでは？　それにキースは大丈夫だ、許してもらう手はある。年に一回くらいなら」

「あら、どんな手ですの」

「一度だけなんでも言うことをききます、と宣誓書を書く」

夫婦でたくらみごとをしていると、まだ知らないところがあると知れる。

「お金や持ち物を自分で用意できますか、クロード様？　当日の格好も」

「大丈夫だ。持ち物はアーモンドあたりに保管させておく」

「……。用意したもの、わたくしに見せてくださいませね。失敗は許されませんから」

「わかっている。おつかいの本は熟読済みだ」

「デートの本ではなくてですか」

「外出の基礎から学ぶべきかと思って。僕は当日、自転車というものをこいでみたい」

「まあ、二人乗り？　わたくしもやったことがありませんわ、素敵」

楽しみがあると忙しい日々も充実してすぎていく。

「アイリーン、まずい。キースがあやしんでいる。魔物たちの様子がそわそわしているから何かたくらんでいるのではないかと。あとおつかいの本もまずかったようだ」

「そうなる気がしてました。でも大丈夫、わたくしレイチェルから『アイリーン様がご実家に戻られている間、クロード様が抜け出さないよう釘をさしてください』と頼まれましたから」

「ああ。なら逆に僕があやしまれていたほうがいいな」

「ええ。わたくしが実家を出る時間まで抜け出してはいけませんわよ、クロード様?」

「ああ、そのとおりだ。君が実家を出たと報告を受けるまでは」

ふたりでこっそりベッドの中で笑い合ったら、作戦開始だ。

少しだけ離れたあと迎えるその日は、きっと晴れている。


レイチェルには悪いが、ドートリシュ公爵家から抜け出すのには慣れている。アイリーンだけでなく兄三人も奔放だったため、ドートリシュ公爵家の使用人たちは令嬢と令息の行動をあえて黙認している節すらあった。まさか皇后になった今も抜け出すとは思っていなかっただろうが、今日のアイリーンはただのご令嬢という設定だ。見逃してほしい。

アイリーンはドートリシュ公爵邸から出て皇城に戻る途中で抜け出す。クロードはアイリーンが公爵邸を出た報告を受けてから逃げ出す。そういう手はずになっている。

紺のタイと精緻なレースが上品な新作のワンピースに、お気に入りのパンプス。リボンがついたつばの広い帽子が、春の柔らかい日差しも周囲を盗み見る視線も遮ってくれる。

（まだかしら、クロード様。きちんと抜け出せたかしら？）

抜け出したとしても、迷子になっていないだろうか。待ち合わせした第三層は、皇都アルカートの中心地も兼ねており、人が多い。背後にはおしゃれな煉瓦造りのカフェに、隣は開店したばかりのアクセサリー店。馬車が通りすぎる向かいには、百貨店もある。買い物をするにも隠れるにも、とにかく賑やかな場所がいいという判断で選んだ待ち合わせ場所だ。

だが、アイリーンは生粋のお嬢様だ。カフェの前でひとりで男性を待つなんて経験がないことで、そわそわしてしまう。

その落ち着きのない心持ちが態度に出たのだろうか。

「お嬢さん、ひとり？」

自分をすっぽり覆う人影に顔をあげた。貴族というわけではなさそうだが、それなりに上等なスーツを着崩した若者ふたりに囲まれている。学生かもしれない。

「わたくし？」

「そうそう。なんか困ってるのかなって」

「よかったら相談のるよ。そうだ、おいしいケーキのあるお店も知ってるからさ」

ただの親切というわりには視界をふさがれている気がする。まさか、ナンパというやつか。

まあ、とアイリーンは頬に手を当てて目をぱちぱちさせてしまう。初めての経験だ。結婚指輪が見えないのかと思ったが、確かに装いは皇后や人妻というより、お忍びで遊びにきた若いご令嬢だ。勘違いはしかたない。

「ごめんなさい。わたくし、待ち合わせてますの」

「誰と？　友達？」

夫と、とはあまり言いたくなかった。今日は皇帝と皇后だとかそういうことを忘れて楽しむ日だと決めている。

それは、若者たちのうしろから現れたそのひとも同じだろう。

「なんなら友達も一緒に」

「ああ、ならぜひ僕もご一緒させてもらおう」

ぎょっとして若者ふたりが背後を見た。石畳の歩道をかつんと革靴で鳴らし、ゆっくり歩いてくる動作からして、とても庶民とは思えない。

「ところで、彼女の待ち人は僕のはずだが――君たちはなんだろうか？」

長身の大人の男性に上から、しかもこの世のものとは思えない美しい顔に赤い瞳で見おろされ、底冷えする声で脅されたら、魔王だとか皇帝だとか気づく前に、普通の人間は一目散に逃げ出す。

案の定、反論もなく逃げ出した若者の背中を見送りながら、アイリーンは溜め息を吐いた。

「可哀想に……」

「なぜあちらに同情するんだ」

「そんな格好をなさっていても、格が違いすぎて」

クロードが顔をしかめる。今日はただの貴族のご令息のつもりなのだろう。髪はうしろでゆるくひとつにまとめた程度で、装飾品はない。美しいラインを描くスーツも襟に刺繡がほどこされているだけで、シンプルな服装が新鮮だった。

「似合わないだろうか。頑張って選んでみたんだが」

「まあ、ご自分で？　素敵」

ちょっと髪のくくり方は雑だし、きっちりした着こなしでもないが、それもご愛嬌だ。いつもなら直す箇所も手を出さない。今日は妻ではない設定なのだ。

それにアイリーンにさりげなく腕を差し出す所作などは、洗練されて完璧である。

「首尾はいかがです？」

「アイリーンは消えるし僕はいないしで情報が錯綜している頃だな。魔物たちには全員、身を隠すように言った。時間稼ぎはできるだろうが、油断はできない」

「ふふ。なら早く参りましょう。まずはお買い物。そのあとは夕食もとれればいいですわね」

「夕食のあとは？」

いくらなんでもそれまでには戻るつもりだったので、考えていなかった。悪戯っぽい笑みを浮かべたクロードが問いかける。

「夜まですごせるとき、恋人はどうすれば正解か教えてくれ、レディ。君を帰すべきか、帰さないべきか」

「あら……まあまあ」

笑みがこぼれると同時に、胸の奥が甘く疼く。これは結婚してからは愛に変わり始めた、久

しぶりの恋の味だ。頬が赤く染まっていく。

「そんなことわかりません。意地悪なことを聞かないでくださいな、クロード様」

「そうだな。女性に言わせるなど、紳士の行いではなかった」

「そうやって、わたくしをいつもからかってばかり」

「ああ、君は可愛いから。きっと結婚しても、子どもができても、いつまででも」

ついむくれそうになったのは、演技ではない。

「いけないひと」

「なんとでも。さあ行こうか、愛しい僕のレディ」

「夜まで？」

やられっぱなしは悔しいので意地悪く尋ね返す。だが、クロードのほうがいつだって一枚上手だ。

「明日の朝まで帰さない」

なお、優秀なクロードの臣下と利用されたと気づいたアイリーンの部下たちが一丸となり、ふたりを捕縛するのは日が沈む前のこと。皇都を封鎖され逃げ回る皇帝夫婦が民に協力してもらったり逆に追い込まれたりする休日の顛末は親しみを持って民に語り継がれ、エルメイア皇国に『夫婦の休日』として浸透することになったと言われている。

あとがき

こんにちは、永瀬さらさと申します。

この度は９巻を手に取っていただき、有り難うございます。今回はＷＥＢの番外編に書き下ろしを加えた短編集です。８巻のあとがきで完結などと書いた気がしますが、幻覚です。

紫真依先生には、最後の短編と合わせた美麗な表紙を描いて頂きました。有り難うございます。他にも担当編集様、デザイナー様、校正様、たくさんの方々にお世話になりました。

また、完結（幻覚）後にもかかわらず引き続き応援してくださった読者の皆様、コミカライズが終わってもアイリーンたちを慈しんでくださる柚アンコ先生。何よりこの本を手に取ってくださった皆様に、深くお礼申し上げます。現在刊行中の『やり直し令嬢は竜帝陛下を攻略中』と合わせて楽しんで頂けるよう、今後も精一杯頑張ります。

それではまた、お会いできますように。

永瀬さらさ

「悪役令嬢なのでラスボスを飼ってみました９」の感想をお寄せください。
おたよりのあて先
〒102-8177　東京都千代田区富士見2-13-3
株式会社KADOKAWA　角川ビーンズ文庫編集部気付
「永瀬さらさ」先生・「紫　真依」先生
また、編集部へのご意見ご希望は、同じ住所で「ビーンズ文庫編集部」
までお寄せください。

悪役令嬢なのでラスボスを飼ってみました９

永瀬さらさ

角川ビーンズ文庫　22857

令和３年10月１日　初版発行

発行者――――青柳昌行
発　行――――株式会社KADOKAWA
〒102-8177　東京都千代田区富士見2-13-3
電話 0570-002-301（ナビダイヤル）
印刷所――――株式会社暁印刷
製本所――――本間製本株式会社
装幀者――――micro fish

ISBN978-4-04-111863-4 C0193 定価はカバーに表示してあります。
◇◇◇